一見鍾情是什麼味道？

Love in the First Sight

燦諾 著

Contents

Chapter 1

「妳好，我叫莫蔚風，是妳的直屬學長。」

「學長你好，我叫紀初樂。」

和學長認識的開始是在充滿香甜氣息的烘焙教室裡。

教室的裝潢以乾淨的白色為主基底並搭配著柔和米色的桌子、椅子、烘焙設備等等，以及與木質地板作為協調，讓空間呈現出一種舒服又溫馨的感覺。

站在眼前看起來既帥氣又帶點可愛的他，露出一抹清清淡淡、宛如春日花風般的微笑，整個人宛如被溫暖的陽光擁抱般。

咖啡色髮尾被窗外的陽光映出一絲絲的金線，不大也不小的眼睛可以用漂亮來形容，略為紅潤的嘴唇輕輕抿起，皮膚看起來細緻光滑讓女生看了都羨慕不已，宛如模特兒般的精瘦身材，整體的打扮簡單卻又時尚，很有自己的風格。

哦，完全就是個天菜啊——

正當我像個花痴似地在內心尖叫時，學長突然整個人微微倚靠在白色的流理台上，「喜歡吃甜食嗎？」

心一驚，我興奮地立刻回答：「喜歡，超喜歡，無論是糖果、蛋糕、餅乾、巧克力、馬卡龍……只要是甜的我都喜歡！」

他若有似無地點點頭。

「等我一下。」

說完，他轉過身，接著打開冰箱然後又看起來熟門熟路的拉開幾個抽屜，不一會兒，流理台上就出現了幾顆雞蛋、麵粉和牛奶……等等材料。

我默默坐到一旁的高腳椅上，一隻手撐著臉頰一隻手放在木色長桌上，看著學長開始攪拌著玻璃碗裡的食材，接著揉捏著麵糰……動作俐落敏捷，毫不遲疑，嘴角噙著淺淺笑意，模樣是自信又專注，並且看起來樂在其中。

但是，我竟然在不知不覺中慢慢手撐著頭……睡、著、了！

不曉得時間過了多久，睡夢中隱隱約約聞到一股香氣，等到醒來的時候就發現前方放著一盤正冒著熱氣的甜甜圈，驚喜的同時學長正好轉過身來，他驚訝得微微瞠大眼，本來以為他會移開視線但卻沒有，於是我們就這樣對視著。

突然覺得有點兒尷尬，於是幾秒鐘後，我清了清痰，說：「學長，這是你做的嗎？好厲害！」

「嗯。」他脫下圍裙，坐到對面，然後將甜甜圈往前推了一點。

見狀，我的腦袋裡突然有一個想法迅速閃過。

「該不會是特地為我做的吧？」

等等，我怎麼脫口而出了？

「嗯。」然後學長竟然很坦蕩蕩的回答了！

「那……可以吃嗎？」說著，我忍不住就伸出手……

「不行。」

「為什麼？」我一愣，身為吃貨，放著眼前美食不吃就是對不起自己啊，「嗚嗚，拜託——」

學長此時拿起一旁的砂糖罐，接著在甜甜圈上灑下彷彿雪花般的糖粉，「可以了。」

下一秒，我立刻傾身，手裡捧著一個外表炸得金黃酥脆、內裡卻是紮實卻又帶點軟綿的甜甜圈，咬下去的那一刻，一股濃濃地甜而不膩的味道瞬間在口中爆發。

我睜大眼，不停稱讚道：「天哪，好好吃！」

「嗯，喜歡就好。」

學長笑了。

就在這個時候，我覺得我的心好像突然跳動得飛快，全身好像也熱得滾燙。

也許要喜歡上一個人很簡單。

一句話、一個眼神、一個動作甚至只是一個笑容，都可以讓你的心為他綻放開來，偷偷的、悄悄地、小心翼翼地，像是在夜空中的煙火一樣燦爛無比。

不知道哪裡來的勇氣，我放下手中的甜甜圈，然後看著坐在對面同樣吃著甜甜圈的人。

「學長，你相信一見鍾情嗎？」我說。

「什麼？」

「我覺得，我好像喜歡上你了！」

幾天後，和容馨在操場散步時，我將告白的事情告訴容馨。結果她一聽完立刻驚訝地給了一聲同時停下腳步，然後又像是見到鬼般睜大眼盯著我看。
「幹、幹麼？」我也停下腳步。
「妳真的是我那個好姊妹紀初樂嗎？」
我忍不住白眼，「廢話，那當然囉。」
我可是貨真價實的紀初樂啊。
「可是認識妳那麼久了，妳明明就不是那種會主動告白的人呀……天哪，妳真的告白了！」容馨越說越激動，甚至開始抓著我的肩膀搖啊搖。
「好啦，不要搖不要搖了……郭容馨妳可以停了！」
半晌後，容馨的眼神看起來帶著一股認真，然後語氣小心翼翼地又問：「妳真的喜歡那個學長嗎？」
我點頭。
「真的？」
再點頭。
「真的喜歡嗎？」容馨睜圓大眼，看起來根本不相信我。
「真的喜歡。」我堅定地說。
「……可是，會不會只是一時的錯覺？才讓妳以為妳喜歡他？」
「嗯……妳說的似乎也有道理。」

但思考了幾秒鐘後，我還是決定保持原本的想法：「雖然也才剛認識而已，但很神奇地、我覺得我是真的喜歡上學長了。」

「哇……」

「心動的時候，那種瞬間湧上心頭的感覺很不可思議，我想，這應該就是所謂的一見鍾情吧。」說完，我笑笑。

「呀——我們家初樂長大了。」

「什麼長大啦哈哈哈哈哈。」哎，實在太害羞了。

容馨露出笑臉，故意用手肘推推我的側腰，「那後來呢，學長怎麼回應？」

啊，提到學長。

將思緒拉回當時……

那個時候，氣氛瞬間變得安靜。

我們無語地對看著。

糟糕，好像被我弄得有點尷尬……

腦袋幾乎一片空白，完全不知道接下來要說什麼，毫無頭緒，身體裡的感覺神經好像也壞掉了，什麼感受都沒有，只剩下一顆心噗通噗通地跳著。

「學妹，妳在開玩笑嗎？」

短短幾秒鐘恍若一世紀之久，學長終於開口，但看起來好像不太相信我的話，語氣聽起來也十分小心翼翼。

「不，沒有，我是認真的！」

我一口氣說完，而他略微睜大眼睛……接著，就在這個時候，從一旁突然冒出一句：「總算找到你了。」同時摻雜著一陣匆忙的腳步聲。下一秒，一個宛如野獸般的男孩急奔過來，然後像看到獵物般抓住學長不放。

「……幹麼？喂，放開——」學長不停掙扎，試圖想要脫離魔掌。

「廢話少說！你的戲份有增加，快來社團集合。」

然後，在完全搞不清楚是什麼情況之下，還來不及反應，學長就被那個男生連拖帶拉的抓走了！

「所以，我不知道學長的想法。」微微斂下眼，我將思緒拉回現實。

「先不要急，慢慢來。妳突然這麼對學長告白，他一定也需要一點時間。」容馨微微一笑，溫柔得像個大姊姊似地。

「噁……妳突然那麼溫柔害我全身開始起雞皮疙瘩。」我壞笑。

「ＯＫ，那就別想要我繼續安慰妳！」說完，容馨作勢就要走人。

「好嘛開玩笑的！」

我趕緊拉住她的手臂，裝瘋賣傻的嘿嘿一笑，接著我們走到操場中央的草坪席地而坐。望著前方的司令台，我嘆口氣，「不過，其實我有點後悔。」

「後悔什麼？」她挑起一邊眉。

「後悔為什麼當時要那麼衝動地就說出口。萬一學長認為我是一個既膚淺又草率的人該怎麼辦？才剛認識而已就輕易說出關於『喜歡』什麼的這種話。」話至此，我懊惱地又嘆口氣，才剛認識而已就把關係搞壞那豈不是糟糕透了？

「不要胡思亂想，搞不好學長他其實並沒有像妳以為的那樣認為妳是這樣的人呀。」容馨像繞口令般說著，「而且其實我覺得妳能把『喜歡』說出口，也算很有勇氣了。」

「勇氣啊……」

好吧，既然話都已經說出口了，那就不要後悔，好好地去努力吧。

「喏，給妳。」容馨不知何時變出一個巧克力蛋糕。

「是蛋糕，謝謝！」

「吃點甜的心情會變好一點。」

我驚訝，原來她還記得我以前曾經說過：「只要心情不好，吃了甜食就一定會變好！」

這女孩怎麼這麼貼心。

「快點讓我親妳一個！」說完，我忍不住用力撲上去。

「啊、啊——走開！紀初樂！很癢！」容馨邊笑邊奮力抵抗。

「我要表達我對妳的愛啊！」

「不必了——」

「嗚嗚嗚嗚妳怎麼忍心這樣！」

「當然忍心！」她竟然立刻毫不猶豫地回答，真是太傷我的心了。

我在通訊軟體的對話框中不停打了字又刪除、打了字又刪除……就這樣反覆著，結果最後還是什麼也沒打。

明明腦袋裡好像有很多事情想表達，但是卻說不出個所以然，有點模糊、有點混亂。

好想知道學長的回答啊！

幾天之後，天氣逐漸轉涼，時序已經悄悄進入秋天了。

「我有跟妳說過小花學姊是戲劇社的嗎？」

從美術館走回教室的路途中，容馨問道。

「有啊，妳說過。」

「昨天和學姊在走廊碰面的時候，我們無意間聊起妳然後也提到學長，她說學長也是戲劇社的。」

難怪當時那個突然冒出的男生會對學長那麼說。

「過陣子會有一場話劇要演出，所以現在社團的每個人幾乎整天都會在社團教室排演。而社團教室就在體育館，再往前走一段路就到了。」語落，她突然表情曖昧又有點噁心地轉過頭對我瞇眼微笑。

嗯……她腦子壞掉了？

正當我想開口吐槽她時，腦袋頓時像被魔法棒點了一下思路變得非常光明又清晰，就彷彿突然想通了些什麼。

「這就表示學長現在有可能會在體育館裡？」

容馨用一種「妳終於知道了」的表情點點頭，接著雙手貼著我的背同時往前推，語氣激昂地說：

「所以，妳現在、立刻、馬上拿出比平常更快的速度往前衝！」

結果，我真的跑到體育館了。

但是，不對！

體育館那麼大我哪知道戲劇社的社團教室是哪一間！

問人？可是這裡一個人也沒有。奇怪，明明平常都會有很多人來這裡運動或上課的啊，偏偏現在卻半個人影都沒看見。

不管了，先在到處找找再說。

過了十幾分鐘左右，幾乎把所有的教室都翻遍了但卻都不是。

到底為什麼體育館有那麼多空教室？

休息了一會兒，我坐在舞台的台階上。一邊晃著腳，一邊看著眼前偌大的空間。這裡安靜得連自己的呼吸聲都聽得一清二楚讓我不禁頓時感到有點恐懼。

然而，就在此時！

從舞台旁邊突然跑出一個女孩，我登時嚇得心臟幾乎都要跳出來，因為她完全沒有發出任何聲音，一聲不響的，連一丁點腳步聲也沒有。

然後她似乎是發現到我的存在，面無表情地轉過頭瞠著大眼看了我一秒鐘的時間，接著便繼續直直往大門跑去，然後馬上消失蹤影。

「……？」

愣了幾秒，我默默在腦袋裡重播剛才過程不到十秒鐘的畫面。

從背影看來身形嬌小，飄逸的黑色長直髮加上面無表情又略顯蒼白的臉，最重要的是沒有發出半點聲音……倒抽一口氣，難不成那是幽靈？

不會吧，現在還是白天耶。

但就在這時，不知何處又傳來一連串聽起來急促又厚實類似腳步聲的聲音。

全身起滿雞皮疙瘩，我拿出手機傳了訊息給容馨：「我好像看到那個東西了……」

其實打從小時候開始我就一直深信著這世界上是有幽靈存在的，雖然至今從沒親眼見過。

熊熊想起這間學校的歷史已經十分悠久，甚至說不定以前在這裡曾經發生過什麼無法挽回的事情，所以會出現幽靈也不奇怪……

「咿、咿……咿……」

突然間，不知道從哪裡響起一陣小但卻奇怪的聲響，就像是壞掉的門被打開時發出的那種有點刺耳、有點卡住的聲音。

難不成還有其他的……

開始陷入胡思亂想的漩渦，我緊張地四處張望卻沒發現什麼異樣之處。接著下一秒聲音又出現了，這一次我相當肯定源頭是來自於上方。

可是上方就是天花板了啊？

毛骨悚然的感覺越來越濃烈，到底是怎麼回事⋯⋯

砰！

「唔啊啊啊啊啊——」

咚！

這次聲音竟然是在旁邊，超近的啊！

不要抓我不要抓我啊！

「學妹？」

咦？

睜開眼睛從指縫望去，只見學長站在剛才女孩出現的地方，眉頭輕皺，兩隻手擋在耳朵附近，腳邊還散落一地的東西。

等等，是學長？

是、學、長！

「原來是學長啊還以為是幽靈呢。」我頓時鬆了一大口氣，駝著背，暗自竊喜，好險好險。

「幽靈？」他放下手。

我用力點點頭，堅定的說：「剛才我真的親眼看到了，就在你現在站的地方。」

「怎麼可能。」學長貌似不相信地在自己的周圍左右張望著，接著又將視線放在牆上的時鐘，然後朝我勾勾食指。

「蛤？」

雖然不明所以但還是走過去。

「這些。」

學長指向地上散落一地的東西，仔細一看有好多各式各樣顏色的球和彩帶，還有好多長長短短的像是積木的東西，有些還滾到遠處了。

「都是因為妳剛才尖叫才害我嚇到，所以幫忙撿。」語畢，他勾起嘴角露出一抹微笑。雖然很好看不過怎麼感覺有點邪惡的意味啊。

……猛然想起剛才大叫的時候貌似真的依稀有聽見一聲東西翻倒的厚實聲音。

好吧。

「我會負全責的。」我往自己的胸拍了幾下。

「不過，妳怎麼會在這裡？沒課嗎？」撿好後，學長將箱子放在舞台的台階上，身體倚靠在一旁問道。

「我是來找你的啊！」

雖然我想這麼說，但這樣感覺好像花痴。不過……好像本來就已經是了。

「等一下。」猛地，他突然站直身子，像是恍然大悟般的睜大眼睛，彷彿可以看見他頭頂冒出一顆亮著燈的燈泡。

下一秒，學長偏過身，看起來眼神十分誠懇地說：「妳願意幫我一個忙嗎？」

「好啊！」

嘿嘿，雖然不知道是什麼忙不過答應就對了，而且說不定對我的印象還會加分呢！

「真的？」他好像被這個答案嚇到。

「真的。」我再次點點頭，肯定地說。

半晌後，我目瞪口呆地不自覺張大嘴巴站在一扇比人還高的宛如童話故事中才會出現的城堡木製大門前。

學長推開門，印入眼簾的是一個寬而又長的空間。

裡面擺滿各式各樣的道具，大大小小、長長短短、圓圓扁扁的都有，魔鏡、氣球、掃帚、白色羽翼、木馬搖椅、甚至還有等身高的巨大禮物盒和巨大書本……總之非常五花八門。

沒錯，這裡就是戲劇社的社團教室。

終於找到了，沒想到最後竟是學長帶路的。

「進來吧。」

一踏進去馬上就看見好多身穿奇裝異服的人，有的人正在化妝、有的人正調整衣服、有的人正手拿著劇本，嘴巴不停一開一闔的唸台詞。

原來在舞台的正上方還有這樣子的一個神奇小天地，從外觀來看根本完全不會發現這個隱密的空間，真是大開眼界。

「初樂——」是小花學姊的聲音。

轉頭一看，她身穿著繽紛的皇后裝，但裙襬卻落在大腿上面一點的位置還全部聚集在一角綁成一束，看起來像是叛逆的皇后，模樣好逗趣。

「哦，妳們認識？」學長說。

「對啊，她是我直屬學妹的好友。」小花學姊笑笑，「蔚風帶妳來玩？」話至此，她俏皮地對學長挑挑眉。

不曉得該回答什麼，我趕緊朝學長擠眉弄眼，將問題丟給他。

「不是。是我想請學妹幫忙，暫時代替學弟的角色。」

哦——原來幫忙指的是這個。

「喔對，剛才有人打電話給學弟了，但昨天醫生告訴他說他的腳扭傷得太嚴重了，所以現在連走路都盡量不要走比較妥當。」

咦，等等？

「暫時代替他的角色？意思是要代演嗎？」我驚訝地大喊。

學長起伏不大的點點頭，「如同字面上的意思，是的。」

「可是、可是我從來沒、沒演過戲欸！」我慌張到結巴，因為從小到大完完全全沒有過這種經驗哪。

「不用擔心——」

這時，從旁邊又突然冒出一個身穿國王裝的人，啊、就是上次抓走學長的男生！

「先自我介紹一下，我是社長，叫我阿禹就可以了。咳，不用擔心會不會演戲的問題，因為台詞只有幾句而且很簡短，只要在該出場的時候出來開心地蹦蹦跳跳就可以了！」他爽朗並激動地說：「現在社團裡已經沒有人可以代替了，但這個角色又非常重要……」

「可以問是什麼角色嗎？」

「小精靈。」學長莞爾，手裡不知何時變出一套真的就像是童話故事裡才會出現的小精靈的套裝以及亮晶晶的翅膀。

唉，怎麼辦。

會擔心萬一真的演不好豈不是拖累了其他人？可是剛才已經答應學長了——

「距離社團博覽會還有幾天的時間，趁這段時間好好練習一定沒問題的。」小花學姊握住我的手。

「好吧！」

不管，豁出去了！

後來，在一連串馬不停蹄的對戲、背台詞、練習走位……幾乎還來不及消化，很快地時間就來到演出的日子。

現在，在舞台的後台，每個人身穿不同的華麗戲服，臉上除了精緻的妝容之外還寫滿了緊張與興奮。有些人不停來回渡步默念著自己的台詞、有些人則席地而坐試圖讓自己放鬆心情。

「初樂。」小花學姊拖著長長的裙襬走來，眉開眼笑，「等會兒我會適時機給妳打Pass的，不用擔心，不要緊張，我們一起加油，Fighting！」

我扯起嘴角，有些欲哭無淚：「嗯嗯，Fighting！Fighting……」

小花學姊被阿禹學長叫去幫忙後，我不知道哪根神經打結了，竟然默默走到靠近角落的地方然後趴在地板上，接著伸出手輕輕掀起垂下的布幕，偷偷觀察舞台前的觀眾席。

結果看見觀眾席上全坐滿了人甚至連走道間都是！完全一片黑壓壓，而且還鬧哄哄的。

好可怕啊。

「我是白癡嗎？幹麼這樣增加自己的緊張啦！」我忍不住暗自怒吼。

唉，冷靜冷靜。

咚。

「好痛。」

這時，從頭頂忽然響起一聲悶聲同時感到一陣微微的痛感。

我疑惑地皺起眉想要抬起頭但卻被那人用手掌整個按住頭。

「不準動。」是學長的聲音。

「被打了還不能動，好可憐。」語落，我還咿咿嗚嗚的假哭了幾聲。

「這不叫作打，是敲。」

「還不是都一樣。」

「不一樣。」

「一樣。」

「不一樣。」

「一樣。」

「不一樣。」

「一樣。」

「不一樣。」

「一樣。」

「不一樣。」

「一樣。」到這兒我不禁笑出來，為什麼我們要反覆那麼多次無意義的對話。

「……。」

呃？怎麼不繼續了？

下一秒，頭頂失去重量，我立馬抬起頭卻只看見學長逐漸走遠的背影。

披在肩上的白色披風隨著腳步的移動而微微飄起，腰上掛著一把長劍，整個人散發出來的姿態是自信又帶些穩重，從天花板照耀下來的黃澄澄光芒灑落在他的身上，彷彿像是從童話故事裡走出來的騎士一般。

後來，我才察覺到或許當時學長是為了要讓我不要那麼緊張才這麼做的，因為在演出的過程中很神奇地——完全沒有感覺到害怕，很自然而然地演下去。雖然只是自己一味的猜測並沒有向他求證，但我還是想這麼認為。

「恭喜演出大成功——」

晚間，戲劇社在距離學校有一段路但還算不遠的燒烤店舉行了一場小型慶功宴。

「實在太爽了！各位，這一攤我請客，大家儘量吃、儘量點，要多少都沒問題，千萬不要客氣！」

阿禹學長說完，一口乾了一整杯滿滿的啤酒。

「哇靠，帥呆了！」

「平常小氣巴拉的社長難得請客所以當然不會跟你客氣！」

「哈囉，這裡要加點各五盤牛肉和豬肉！噢，還有雞肉！」

「這裡要海陸大拼盤！」

「我要海苔！」

「白癡，這裡哪有海苔？」

據阿禹學長打聽到的消息，演出非常大受好評甚至有不少人非常期盼地希望能夠再演一次，這讓大家都開心得不得了，紛紛又叫又跳地歡呼，不少學姊和學長感動得眼眶泛紅流下眼淚。

嗯？你問我為什麼也在這裡？

因為……

咳，當時演出完畢後，大家就回到社團教室開始卸妝、更衣、整理道具。

正當我準備將那面比人還高的魔鏡搬到角落時，小花學姊朝我走來，肩上還掛著幾件裙襬及地的衣服。

「初樂，妳現在有加入的社團了嗎？」她問。

「沒有耶。」

「那有想要加入的嗎？」

再次搖搖頭，「其實我甚至不知道有那些社團，哈哈哈……」

小花學姊這時笑得如花朵開了一般，「那妳一定要加入戲劇社！好不好？」

透過這幾天與大家的相處，真的覺得這裡是就像是一個溫馨的大家庭，總是充滿和樂的氣氛。

如果加入戲劇社應該會很有趣吧。

「怎麼樣？好不好？」小花學姊眨眨眼睛。

「好。」

所以，我就正式成為戲劇社的社員了。

夜色逐漸變濃。

當大家都吃飽喝足滿意地呵呵笑，又閒聊了幾番後，接著就便各自打道回府了。

來程我是給小花學姊載的，但她剛才接到朋友的電話似乎是突然有了推也推不掉的急事，於是我打算等會兒走回學校牽車然後再騎回家。

「抱歉，但妳一個人真的沒問題嗎？」小花學姊擔心地說，「不行，我先跟她說我晚點到好了——」

「學姊妳放心，沒問題的，快去吧！」我趕緊拍拍自己的胸。

「可是——」

「一起走吧。」這時，學長從一旁走來，「我剛好要回學校牽車。」

屬於秋天的涼風迎面吹來，有點冷。

我和學長肩併著肩走在鋪滿紅白磚塊的街道上。周遭的人聲鼎沸蓋過兩人之間逐漸沸騰的安靜。

突然不知道該說些什麼，有點緊張、有點尷尬。

偷偷瞄向學長，只見他面無表情地看著前方，總覺得有種讓人摸不著他在想什麼的感覺。

「在體育館的時候。」

學長突然冷不防出聲，我著實嚇了一跳立刻回歸視線假裝沒事。

但接下來的話又讓我看向他。

「其實我還滿意外妳會答應得那麼爽快。」

「為什麼會覺得意外？」

「一般人……不，大部分的人應該都會想要先知道自己要幫的忙是什麼之後才會決定是否要答應吧。」

我思考半晌，「嗯……還是有些人會覺得對他們來說某些人是值得讓自己奮不顧身地去幫助他呀。」說完，我笑笑。

他盯著我，沉默不語。

剛才說錯什麼了嗎？

「總之，謝謝妳。」幾秒後，他露出一抹好看的笑容。

……這好像是學長第一次向我道謝耶。

啊，好想再聽一次喔。

於是我真的厚臉皮地問：「可以再說一次嗎？」

「說什麼？」

「你剛才說的話呀。」

「不要。」

「拜託。」

「不要。」

「拜託啦。」

「哈啾。」學長突然地打了個噴嚏。

然後下一秒忽然輕皺起眉，微微垂下肩膀，彷彿像個孩子拿不到糖果般委屈，宛如變了個人似的。

「我餓了。」

啊？

「在燒肉店的時候沒吃嗎？」

他搖搖頭又點點頭：「一半一半。吃了一些，剩下的全都被酒佔走了。」

我驚訝，「你喜歡喝酒？」

「不是，是被阿禹他們被灌的，還有猜拳猜輸了。」他說到這兒眉頭又皺得更深，「平常猜拳的運氣不差怎麼偏偏今天從頭輸到尾……開始生效了。」

酒精生效！

就在這個時候剛好走到了路燈下，學長身軀稍稍左右搖晃看起來站不太穩的樣子，他立刻扶上一旁的椅背。

透過路燈的光芒，我清楚看見他的臉頰被覆上一層濃濃的緋紅，嘴唇也宛如可以滴出血來般的鮮紅。

再加上剛才與平常非常不一樣的動作和對話內容，嗯，學長一定是喝醉了。

「……我想吃東西。」他開始不停喃喃自語：「好想吃臭豆腐……好想吃章魚燒……好想吃義大利麵……好想吃漢堡薯條雞塊……好想吃韓式炸雞……」

咦，他說的剛好都是各國的美食耶，哈哈哈……

不對啦，現在不是開玩笑的時候。

「學長，你要不要休息一下？」

「……。」

看樣子不太好。

「你在這裡等我一下，不要亂跑。」我對學長說，只見他微微點頭了幾下，雖然不曉得有沒有聽懂但應該算是明白吧？

「馬上回來，等我喔。」接著，我快速地跑進剛才經過的便利商店買了一瓶水。

回來時，只見學長已經坐在長椅上，頭有些歪歪的，額前的瀏海垂了下來遮蓋住了眼睛。

輕拍他的肩，他抬起頭後我將水遞給他並說：「給你，喝點水比較好。」

他咕嚕咕嚕地灌了好幾口，不到幾秒的時間已經剩下半瓶。

「哎呀，那不是蔚風嗎！」

然而這時突然有人喊了學長的名字，往旁邊一看發現有個穿著圍裙的中年阿姨站在對街的一間甜甜圈專賣店裡的櫃檯旁，不停揮舞著雙手看起來很興奮。

「哦，店長阿姨妳好。」學長有些搖晃地站起身，微微一笑。

然後下一秒，他忽然扯住我的衣袖，什麼也不說就這樣連拉帶拖的抓著我走向甜甜圈專賣店。

咦？咦？

「小蔚啊好幾天沒看到你了，學校的事處理得怎麼樣啦？你都不知道你請假的這幾天有多少客人都在問：那個小帥哥今天怎麼不在？跑哪去了……哦，妳是？」阿姨原本眉開眼笑地滔滔不絕，直到看見站在一旁的我。

「阿姨妳好，我是他的學妹。」我禮貌地笑笑。

「哎呀！長得真可愛呢……要不要吃點甜甜圈呀？有很多喔——」

後來，實在抵擋不住阿姨熱情的攻勢於是我只好很不好意思地收下一大包甜甜圈，學長的手裡同樣也有。

不過得到那麼多甜甜圈，真的很讓人開心耶，嘿嘿。

再次走回學校的路上時，我和學長有一搭沒一搭的聊天。

「所以，學長已經在剛才那間店打工很久囉？」

「嗯，從大一開始一直到現在。」

「你那麼喜歡吃甜甜圈，在那裡工作一定很開心齁。」我笑笑，不難想像他被甜甜圈包圍而開心的樣子。

他點點頭，「有時候如果有賣剩的就可以帶回家就像現在，或是店長阿姨會特地在打烊前做一些送我。」

「那這樣不會吃膩嗎？」如果每天吃的話多多少少也會有點膩吧？不過突然好想過過看這樣子的生活，每天有源源不絕的甜食送到面前……

而學長笑得像是孩子終於拿到糖果般，「不會有吃膩的一天。」

雖然覺得有點誇張但挺可愛的。

也許可以為學長封上一個：「甜甜圈狂熱者」的稱號。

過了十幾分鐘後，總算抵達學校。四周非常安靜，站在停車場前的空地上抬頭一看，夜空大得彷彿隨時就要掉下來。

我牽出機車，發動引擎後，轉身看見隔著兩排機車的距離正準備將機車牽出來的學長。

糟糕，我怎麼忘了學長現在喝醉所以絕對不能騎車。

於是我趕緊熄火，走向他提醒道：「學長你現在喝醉不能騎車啦。」

他一愣，立刻停下動作，「說得也是。」

一片寂靜，停車場幾乎一片昏暗，只靠著天花板上沾上黃漬的日光燈泡一閃一閃。

誰也沒繼續接話，只有兩雙眼睛呆呆地相視。

呃怎麼好像開始尷尬了啊啊啊……

「妳。」

學長突地喚了聲，還來不及反應他的雙手同時又搭上我的肩膀！

我身體一震，愣住不敢輕舉妄動，下一秒，只見他的臉越來越靠近、越來越靠近……哦哦不會吧什麼都不繼續說就直接來嗎可是會不會太快我還沒做好心理準備啊——

然而就在我內心開始胡言亂語時，眼前的俊顏又越來越遠、越來越遠……

「原本只是覺得為什麼妳的臉紅紅的，」學長把手插進口袋，頭微微歪向右邊，伴隨著一抹狡黠的微笑，「結果反而現在更紅了。」

原來他是故意的！

故、意、的！

「我才不是害羞！只是太熱、太熱了！」佯裝真的很熱的樣子我將領口拉起搧啊搧。

不要以為我沒有看見，其實學長剛才想表達的還有另一句話：妳就是在害羞。

「我沒有說妳在害羞啊。」

白痴，我自己幹麼講出來！這樣不就又上當了嗎！

於是我哇啦哇啦鬼叫幾聲假裝沒有這回事，然後轉頭奔向機車打算就這樣不管他了直接騎回家。

不過也只是打算，事實上我才跑了一半就又回頭，結果只見到已經在大門外的學長的孤單背影。

然後我趕緊催下油門，咻咻咻一下地就追到他了。

「學長你要做什麼？」

「回家。」他給我一個「不然呢？」的表情。

「可是現在沒有公車了耶。」我腳著地緩慢向前拖著機車，笑笑說道。

學長啊我後面還有一個大空位喲，快發現快發現吧，嘿嘿嘿嘿嘿……

「我可以走路。」

「可是你醉了。」

「反正沒有很遠，就當作是運動。」

「不可以。」

學長蹙眉，「為什麼不可以？」

「你一個男孩子獨自一個人走太危險了！」

話才剛說出口就立刻僵住，我在說什麼東西我在說什麼東西我在說什麼東西……

此時此刻我好想殺了剛才的自己。

學長明顯愣住，幾秒鐘後默默地舉起手——本來以為是要打我，結果還真的是打我！

我搗住受到一記強勁爆栗的頭：「痛痛痛痛痛……」

「如果跟妳走才真的危險。」

「怎麼會呢。」我淚眼汪汪，跟我走的話我一定誓死保衛你的安全呀傻傻的。

學長嘆口氣，接著一臉「拿妳沒辦法」的微微勾起嘴角，「已經很晚了，妳也快回去吧。」接著又補充：「我家真的沒有很遠，用跑的一下就到了。」

「好吧，那掰掰。」雖然有一點點點點點小失望，我戴上安全帽。

「嗯。」

後來，隔天在社團教室時，阿禹學長將慶功宴拍的照片一一放在投影片上讓大家看，幾乎全部都是大家玩瘋的照片，比較特別的是，其中有幾張是學長的「個人」照。

當時其他學長們把已經被灌酒灌到醉得有點傻呆傻呆的學長逗弄成一個個好笑的樣子，例如把海苔（還真的有海苔？）貼在眉毛和幾顆牙齒上、把芝麻粒黏滿整臉還要對著猜拳猜輸的其他學長跳艷舞、或是用蝴蝶結在頭上綁好幾撮小啾啾然後把手貼在臉頰表現出很——可愛的樣子唱情歌……

大家笑得人仰馬翻，但學長卻好像一點生氣的樣子都沒有，反而是露出極度危險的微笑接著開始對那些「玩弄」他的學長們拳打腳踢了起來，逗得整間社團教室雞飛狗跳，好幾個大男孩滿場鬼吼鬼叫到處跑、到處躲。

我想，或許是因為他們之間的感情真的很好、很好吧。

還是因為已經太多次所以無可奈何甚至免疫了？

小花學姊說，學長這個人只要醉了就會變得和平常不一樣，傻傻呆呆的超好欺負、幾乎說什麼都會乖乖照做雖然偶爾會耍起任性耍起脾氣，還像個孩子一樣。

嗯嗯，經過昨晚後這些我相當認同啊。

所以只要一逮到機會有時候大家就會偷偷地把酒塞給他，雖然他每次都用兇狠的口吻抵死不從地說不喝不喝誰敢再給我我就把他的頭直接塞在酒杯裡……但最後還是因為一打好多個壯漢兼奸詐小人逼不得已只能屈伏。

他們說，因為學長喝醉後表現出的樣子真的太好笑、太可愛了。

聽完後，我不禁暗自慶幸，幸好我才剛加入這裡、幸好我的酒量還滿好的……

時序進入冬天，雖然氣溫沒有低到要下起雪的程度，但也已經冷得讓人只想窩在溫暖的被窩裡不想出來。

輕輕吐出一口氣，白霧瞬間煙消雲散。走在紅白磚道上冷颼颼的寒風直直吹來，我不禁打了個哆嗦索性將外套拉鍊拉起。

「唉，運氣真衰……」

事情發生在三十分鐘前，原本還安然無恙待在教室上課的我正與瞌睡蟲奮戰。

「不行……不可以睡……」

沒辦法，教室溫暖得像是開了電暖爐，因此睡意也宛如波滔駭浪般襲來。

然而就在我額頭即將與桌面近距離接觸的瞬間，一陣陣高跟鞋踩踏地板的響亮聲在一片安靜中自遠方越來越靠近、越來越大聲，直到旁邊的容馨猛地戳了下我的肚子，被痛得反射性用力抬起頭的同時，意識朦朧的當下只見台上的授課老師已經站在眼前，露出相當「和藹」的微笑，笑得你毛骨悚然，笑得你渾身發毛。

也許是生理期來或是因為腿上的絲襪破了個洞所以心情不太好……明明老師平常就像個天使般親切但今天卻彷彿惡魔的化身！

鐘聲響起，下課後她把我叫到講台邊，接著將一疊目測至少有七八本的資料夾交給我。

「我們初樂同學呢一直是個好學生……所以，這些就麻煩幫老師送到校長室囉。」

「哈……校長室嗎？」

「嗯哼，就當作是日行一善囉。」

嗚嗚老師妳這是日行一惡耶！

於是後來我只好忍受著冷風摧殘獨自前往距離至少要走十五分鐘的校長室，平常就算了偏偏今天冷得不像話。

「唉。」

要是太陽能出來就好了，氣象預報說今天會下雨，整天的天氣都將會是濕冷交加。

肚子好餓。

腦袋浮現出各種食物，香噴噴的米飯、熱騰騰的拉麵、麻辣鍋、鴛鴦鍋、關東煮、巧克力牛奶……

想得口水都快流出來了，要不乾脆來去學生餐廳覓食吧。

「哦！」正當我前腳準備踏進中廊時，卻突然發現有顆太陽正站在不遠處的前方。

哎呀，我不禁讚嘆一聲。

這顆太陽簡直是世界上最耀眼的存在。

學長穿著一件黑色羽絨外套站在噴水池旁，身形修長精瘦的他在風中屹立不搖。

「學長學長！」我興奮得揮揮手，我想我的臉上此時肯定寫著「花痴」兩個大字。

哦哦，太陽轉過來了……唉呀呀怎麼可以當作沒看見呢。

學長微微瞇起眼，接著拿出手機看了眼後緩步朝我走來。

「幹麼？」

「啊？呃嗯其實也沒什麼事啦……」我嘿嘿嘿地笑，「學長你要去哪？」

「學生餐廳。想喝點東西。」

「真的嗎我正好也要——」

咕、咕咕咕……

腹部此時突然發出一聲響亮無比的哀號。

呃……

學長輕笑一聲，「妳餓啦？」

我有些羞窘地點點頭，「很餓。」

肚子啊為什麼你偏偏要在這個時候抗議呢。

「一起去嗎？」

「學長我可以跟你一起去嗎？」我瞬間眼睛一亮。

五分鐘後，我們走到學生餐廳。學生餐廳裡頭人滿為患，唯獨窗邊的位置杳無人煙，原因無它，因為窗戶年久失修關也關不緊，所以冷風還是會從窗縫竄進來。

雖然只是一點點風，但如果一直往你的臉哪脖子啊吹著，不冷才怪。

本來想坐中間一點有暖氣的位置但現在這個情況完全不可能，所以只好坐在窗邊了。

「要喝什麼？」學長問。

冷颼颼的天氣如果喝著一杯熱呼呼的茶該有多好，「我想喝熱茶。」

幾分鐘後，桌上多了一杯熱茶以及一杯熱咖啡。

微澀微苦微甘的茶滑過喉嚨，溫暖的感覺瞬間如噴泉般在體內緩緩湧出。

學長的左手輕輕靠著頰畔，右手拿起咖啡輕啜了口，眼睛看向窗外，唇角微微上揚。如果此時放副眼鏡在他臉上，肯定像極了充滿文學氣質的年輕男子。

嗯，不過學長平常看起來就挺像的。

「好喝嗎？」

當我還正陷入對眼前的年輕男子發花痴的狀態時，年輕男子撇了我一眼接著不為所動問道。

「你要喝喝看嗎？」

「不了。」

然後又繼續喝咖啡。

「真的？」我挑挑眉，「很好喝喲。」像在拿糖誘惑孩子的壞人。

「好，我要喝。」

咦。

出乎意料之外的答案！

「那……喝吧。」我將茶杯往前移。

然後，學長慢條斯理地拿起茶杯，杯緣碰處唇邊，微微仰起頭，動作優雅流暢，接著一秒、兩秒、三秒……

「等等！」我大喊：「全部喝光光了？」我傾身探頭一看，接著不可置信的睜大眼睛。

他晃晃空空如也的空杯，壞壞一笑。

「嗚嗚，也沒必要全部喝光光呀……」

噢——肯定是故意的。

「好啦，這個補償妳。」學長將他的咖啡移到我面前。

而我當然不會跟他客氣，賭氣似的直接將咖啡一飲而盡——

「嗚嗚嗚，為什麼不提早說這是黑咖啡！」

咖啡的苦味在口中爆發，久久不散，我欲哭無淚。

「準備要說，可是妳動作比我還快。」

「好苦好苦好苦，水水水水水——」

我急忙地四處東張西望，最後發現不遠處有台飲水機，恰好旁邊也有空紙杯，於是我在短短三十秒內灌了五杯水。

「還好嗎？」學長似笑非笑。

「不好。」我抹去嘴邊殘餘的水珠，怒瞪。

「這個給妳。」

學長從口袋掏出一顆粉紅色包裝的糖果。

「不吃嗎？」

見我沒有動靜，他又問。

「……。」

有了剛才的經驗所以讓此時的我特別警惕。

「裡面真的是糖果嗎？不是苦的？不是什麼奇怪的整人糖嗎？」

「妳可以吃吃看呀。」他邪惡一笑。

「不要。」

「真的？」他挑挑眉，「很好吃喲。」像是在拿糖誘惑孩子的壞人。

……這台詞怎麼好像剛剛才聽過。

「我吃。」

最終還是屈服了。

還好是普通的糖果。甜滋滋的。

不過……等等。

怎麼好像開始嘗到一種……辣辣的味道？

我靠！又被騙了！

「噗——好辣！」

「噢妳好噁還把糖果噴出來。」學長技巧性地偏過身，皺起眉嫌棄似的睨著地上那顆正苟延殘喘的粉紅顆粒。

「呵呵、抱歉抱歉……」我尷尬地抽幾張衛生紙將糖果包起來，哎呀這可浪費浪費了……

不對啦！

「嗚嗚嗚——學長你怎麼可以這樣對我！」

「傻妹。」

Chapter 2

期待已久的繪畫課終於來臨，我晃著沾染上黃色顏料的水彩筆在一片白色的畫布上，卻遲遲下不了手。

因為根本不知道要畫什麼。

其實我真的不太會畫畫，從小到大能夠完成的圖畫大抵上就是……在角落有顆太陽旁邊還有幾朵大小相同的白雲，地上立著一棟兩扇窗一扇門加上冒著煙的煙囪組合的小屋子，周圍還種著幾朵像荷包蛋的花然後一旁有棵大樹，最中間還有兩個僅用圓圈、線條、點點就可以完成的火柴人。

眼看周圍的同學揮舞著畫筆神情十分投入，每幅作品都好像充滿生命力似的，我不禁嘆口氣，真希望此時此刻我能有畢卡索百分之一的繪畫功力。

「妳不畫嗎？這算在平時成績內喔。」容馨轉過頭對我說。

「要啊，只是還在想要畫什麼。」幸好老師說沒有限定主題，隨自己開心想要畫什麼就畫什麼，就這樣又過了一段時間，我維持呆望著窗外天空的動作，腦子仍然一片空白。

「天，妳還沒動筆？」容馨又轉頭，目光移至仍舊乾淨的畫布後她張大眼。

「快救我，腦袋空空怎麼辦……」我癱軟地將臉頰貼到畫布上。

「嗯……畫妳愛吃的食物或是喜歡的符號啊圖案之類的？」

「噢，妳的臉上沾到水彩了。」

「哦哦，好主意。可是又多了一個煩惱，愛吃的食物太多了不知道要選什麼。」

容馨的臉上明確顯示無言兩個大字，過了幾秒後她又說出另一個好主意：「我想到了，不如妳就畫妳最想要做的事情就好啦。不對，這個更難，算了算了再想過——」

「這個好！」

宛如看見曙光般，我挺直腰桿，點頭如搗蒜。

「欸，讓我看看妳的畫好不好。」

「啊？我的啊……」

她有些猶豫，我不停眨巴眨巴著眼睛傳遞出：好想看好想看好想看的訊息。

「那不能笑我喔。」最後成功了，她終於將畫架轉過來。

然後，印入眼簾的是一大片的粉紅色——深粉紅色、淺粉紅色、偏紅的粉紅色、偏橘的粉紅色、偏粉的粉紅色……各式各樣的粉紅色齊聚一堂，將原本的白色煥然一新成了一幅漸層又縱橫交錯的粉紅色。

哇，這該怎麼調才有辦法調出這麼多粉紅色啊。

「敢問容馨同學，不知您這幅畫的主題概念為何？」我裝模作樣地摸摸下巴。

「主題概念嘛，妳知道，戀愛是什麼顏色？就是粉紅色，我個人是這麼認為的啦，哈哈哈……」她挑挑眉，活像個古代奸臣。

「哦，所以妳最想做的事情就是談戀愛囉？」

「當……妳不是一直知道嗎還問。」

然後，我的額頭立刻遭到一記爆栗攻擊。

「痛……幹麼打我啦！手勁跟學長一樣大痛死了。」慘了，一定會腫起來。

「此話怎說？」容馨好奇地逼近。

「嘿嘿，說來話長。」

「過陣子就是聖誕節了，有什麼計畫？」換了支直徑比較小的畫筆，容馨繼續畫一邊問道，「還是，要像往年一樣在街上逛逛享受聖誕節的歡樂氣氛？」

對喔，一轉眼就快要到聖誕節了。

不知道學長會怎麼過……？

唉，又是學長。

「昨天滑臉書的時候發現有一間新開的甜點店，地點就在廣場附近而已……」

不，怎麼老是想到他，不可以滿腦子都是學長。

「看圖片感覺挺好吃的而且有不少人推薦，CP值高達五顆星，要不就決定那天晚上去嚐鮮看看吧！」

不過真的好好奇聖誕節的時候學長會怎麼過喔。

「……。」

「喂喂，哈囉，有在聽嗎？」

「有啊，有在聽。」我傻笑。

她有些無言地愣住一秒，接著視線順勢往旁邊移去發現那塊完全空白的畫布還晾在那兒，問：「妳到底決定好要畫什麼了嗎？」

我揚起自信的微笑點點頭，「決定好了。」

「是什麼？」

像是要宣布什麼誓言般，我以鏗鏘有力的語氣道：「我要畫，世、界、地、圖！」

我想，毫無疑問，我最想要做的事情就是環遊世界了！

說到環遊世界，可以稱得上是代表性的物品，其中一樣應該是世界地圖吧。

「地圖？」容馨不明所以地挑起一邊眉。

我肯定地再次點頭。

「妳要畫地圖，可是感覺不太好畫耶。」她有些疑惑，開始在半空中微微晃著畫筆看起來在回想著世界地圖的輪廓。

世界地圖說好畫可以說是好畫，但說難畫可真的是很難畫啊。

我笑笑，故作輕鬆地聳聳肩，「真的沒辦法的話大不了就畫個簡易版的嘛。」

既然如此，擇日不如撞日，心動不如馬上行動，立刻啟程前往圖書館借一本真正的世界地圖吧！

帶點寒風的冬日午後，校園充滿寧靜卻又有些吵鬧聲。

穿梭在高大的木質書櫃之間，書本香氣與淡淡的木頭香味悄悄撲鼻而來，我腳步放慢地用指尖輕輕觸碰一本一本大大小小薄厚不等的書，雙眼仔細找尋世界地圖。

下午都是空堂，所以可以慢慢來。

「櫃檯姊姊說是在這一排啊……」奇怪？怎麼沒看見。

看著眼前眾多關於旅遊的書籍，不知不覺想旅行的念頭就越來越強烈了。

嗯……世界地圖的事情等會兒再說。挑了幾本旅遊書籍抱在懷裡，我走到不遠處靠窗的單人座位，翻開第一頁慢慢閱讀著。

雖然現在也許還沒辦法盡情得去做，但看看書過過乾癮、收集些資料也挺好的！

圖書館飄融著安靜，翻動書頁的細小摩擦聲混雜著格外明顯的細碎交談聲，默默湧起一股悠閒的氛圍。

陽光透過玻璃窗在書紙上灑下點點微小光圈，不曉得看了多久，直到腳有些麻了於是準備換個動作時，一道陰影突然降落擋住光線。

我下意識地抬眸。

「嗨。」

「……。」

見到來人後我張嘴一笑。

「嗨？」

「……。」

「……？」

「……。」

學長為什麼沒有回答而只有一張帶著淺淺微笑的臉呢？

我站起身……不，想要站起來身體卻使不上任何力氣，彷彿力氣瞬間被掏空般，既然如此腳沒辦法，用手總可以吧，於是我抬起手試著想要觸碰——

奇怪的是，我的手明明伸長了，但學長的身體宛如只是個虛幻的形影，手掌著實穿透了他的胸膛，感覺不到任何東西、任何溫度。

啊，我明白了。

這一定是在作夢。

一定是在作夢一定是在作夢一定是在作夢一定是在作夢一定是在作夢快醒過來——

咚！

吃痛地默默抬起頭，我睡眼惺忪望著四周……果然真的是夢。

原來剛才撐著頭不知不覺就睡著了，結果一個沒撐穩額頭就撞到桌面了。

可是剛才是怎麼回事？

就在覺得有些毛骨悚然的同時，我的肩膀突然被人拍了一下，立刻嚇得尖叫一聲！

「噓——妳想害我再被趕出去嗎？」

回過頭，那人緊張得立刻四處張望好像深怕被什麼人發現似的。

「阿禹學長？」

我驚訝一喊，然後垂下肩，大大鬆了一口氣。

「吼，你不要亂嚇人啦。」

不過他剛剛說「再被趕出去」？意思是之前也被趕出去過囉？

「阿禹學長，你之前是不是做了什麼事才被趕出去？」聞語，我忍不住竊笑。

他從旁拉了張椅子坐在前面，開始咕噥道：「也不是什麼大事啦不過就只是看書看到睡覺不小心打呼打得太大聲而已就……」說到這兒又猛然抬起頭：「都怪小花，要不是她硬逼我陪她看鬼片不然書早就唸完了何必來圖書館，還那麼剛好被工讀生學弟趕出去可惡他一定是故意的一定是還在記恨之前拒絕他的告白……」

原來如此……等等，最後我聽了什麼？

「話說回來妳一次看那麼多本書啊？」阿禹學長抽了其中一本書，隨意翻閱。

「嘿嘿，興趣嘛。」

「這興趣挺好的。」

「阿禹學長也是來這裡看書的嗎？」

「嗯，來找資料。」

他環顧四周，似乎在找什麼東西，而此時我發現他手裡的手機螢幕顯示的是一大串蛋塔的圖片。對了，阿禹學長曾經很大聲宣布他最喜歡吃的東西就是蛋塔。

「結果無意間發現有個社團學妹正撐著頭看起來睡得很香……」然後他視線順著轉回來，我抬眼，接著他故意朝我努努下巴。

「矮有！」

剛才應該沒有流口水吧？

阿禹學長呵呵笑著，「對了，學妹。」

「……什麼事？」

「妳是不是喜歡莫蔚風啊？」

宛如被一道閃電劈到般，我驚訝地睜大眼睛，連嘴巴也不知不覺張大！

他怎麼突然間問這個！

「呃這個那個……」因為太突如其來了，我頓時口吃地一時語塞，幾秒鐘過後才點點頭，有點羞窘地笑笑：「對啊。」

「果然沒錯。」他露出「我就知道」的表情。

「為、為什麼？」

「在社團教室或是活動的時候，常常發現妳的目光好像總是追著他跑，整個人完全散發出一種『喜歡這個人』的淡淡氛圍。」

我……有這樣嗎？

「這只是我的觀察啦，別看我這樣子，我很擅長觀察別人喔。」

啊，怎麼突然有點害羞。

「加油。」阿禹學長似笑非笑，「雖然那傢伙可能有時候讓人覺得摸不清他在想什麼，嘴巴有時候也很壞，也不夠坦率，但總之，是一個很好的人。」

此時，不知為何，我真的打從內心覺得阿禹學長和學長，他們兩個人真的是非常信任對方的好朋友。不需要說些什麼感人的話語，只要憑著談起他時的真誠表情，就能明白。

「阿禹學長，謝謝你。」

Get！成功獲得學長好友的加持！

不久後，小花學姊從旁突然冒出一把捉住阿禹學長的衣領，咬牙切齒地低聲道：「……報告都已經做不完了還有時間在這邊混，你知道我找你找多久嗎！」

相較於小花學姊渾身散發出宛如地獄火焰的氣勢，阿禹學長就像在懸崖邊搖搖欲墜的乾枯小草。

「初樂，以後他來鬧的話，不用多想就把他踹得遠遠的就好。」小花學姊對我笑笑，接著立馬變臉衝著阿禹學長惡狠狠一瞪，「我先把他抓回去了！」那眼神彷彿就是看你等等怎、麼、躲……

「妖怪！惡靈！巫婆！學妹妳快點把她拉開！」

「別想討救兵！」

噢，我也無能為力。

阿禹學長，請你保重了，阿門。

接近黃昏時分，我捏捏有些痠痛的頸肩，將書放回書櫃後步出圖書館。

啊對，世界地圖！

額外的事做完了結果目的卻忘了。

於是我又往回走，找了幾番最後終於在後排書櫃的最頂端發現它的蹤跡。顛起腳、伸長手，但卻依然碰不到，好像還差一點點，於是從旁拉張兩層階梯的小椅子。接著我站上去左手扳著書櫃間隔保持平衡，右手努力伸長，費了一番功夫後總算拿到。

可是世界地圖太過厚重，光靠一隻手的力量太不穩定，結果準備踏上地板的瞬間身體因為右手的重量順勢猛地往後倒——

碰地一聲，整個人重重跌倒在地，拿著世界地圖的右手更是重力加速度直接撞在後方書櫃上。

「噢！」

左手向後撐著身體，我吃痛地哇啦哇啦不停斷氣：「好痛……」

一手扶上腰部再次步出圖書館，幸好沒傷了哪裡，只是皮肉痛罷了。

美術教室是由美術老師管理的，老師在課堂上宣布這個星期美術教室不會提供外借，只會讓本堂課的學生們使用。所以幾乎所有同學都將自己未完成的畫留在教室，這樣子一來方便，二來不會在移動時不小心破壞到畫。

相較於其他人已經完成大約一半甚至已經完成了，而我卻一滴水彩顏料也沒沾上，畫布空白得令我腦袋空白。

「容馨，我決定今天放學要留在學校畫圖，畢竟星期五就要交了。」

中午在空中走廊吃午餐時，我夾起荷包蛋，說完後一口咬下。

「嗯，加油，要畫世界地圖很不簡單，祝妳順利。」

「喂喂，為什麼妳露出一臉不相信我會完成的表情啊。」

「才沒有呢我相信妳不會放棄，一定會完成的。」容馨眨著誠懇的眼神，然而下一秒卻：「大概畢業後吧。」

「郭容馨！」我怒吼，一把將蛋黃戳破，黏稠的黃色汁液瞬間將白飯沾濕，「好，如果到時候我畫完了妳就要把我的畫掛在妳房間的牆壁上！」

「好啊那有什麼問題。」

「準備把牆壁淨空吧！」

於是放學後我立刻穿過中廊，走到辦公室向美術老師借取美術教室的鑰匙。

哼哼，雖然今天滿堂但我現在的精神可好得很。

推開美術教室大門，教室內空無一人。

我把背包放在畫架旁，將窗簾唰地拉開，外頭的夕陽還高掛在天空。

「世界地圖，你納命來吧。」

我攤開畫布，再把顏料擠到調色盤上，接著再翻開厚重的一本書，一大片五顏六色的紙張占滿整整兩張桌子。

地球上有七大洲、五大洋。

陸地分別是北美洲、南美洲、歐洲、亞洲、非洲、大洋洲、南極洲。

海洋則是太平洋、大西洋、印度洋、北極海、南極海。

我兩手比出七字組成一個長方形然後對著世界地圖仔細端詳大概的比例。再三確認過後我將袖子挽起，畫筆沾染上藍色顏料，深吸一口氣後開始在空白的畫布上揮舞。

每一次下筆我的動作極為緩慢，抱著小心翼翼的心情深怕一個不小心塗得失敗。

「OK……」

莫約過了一個小時多，我將畫筆放下，身體稍稍往後仰，看著眼前五顏六色又五彩繽紛的圖畫不禁鬆了口氣，甚至還忍不住誇獎自己：「呵，沒想到我畫得挺好的嘛。」

「呃啊——脖子好痠。」用力伸了個懶腰，我扭扭脖子，捶打自己的肩頸，「已經完成一半了，所以應該明天就可以全部畫完了吧。」

不過怎麼突然覺得有點悶？扯了扯衣領，我起身將窗戶打開，帶點涼意的風瞬間竄進教室內。

嗚呼——好冷可是好舒服。

或許是因為重擔解脫後心情上輕鬆了不少，也連帶生理上也跟著放鬆了。

不過此時我卻突然覺得肚子有些怪異，於是趕緊衝向走廊底的洗手間。

但等到一身輕快回來後，卻發現原本在畫架上那幅我相當滿意的巨作竟然不見了！

「畫咧？」我眨眨眼睛不敢相信，心急如焚地趕緊彎下身子趴在地上尋找，但卻怎麼樣也沒看見。

奇怪，為什麼都沒看到？

……不會被別人偷走了吧？吼不對，可是誰會要偷這種東西啊，偷了也沒用啊。

我喪氣地趴在桌上，事到如今只能再畫一張嗎？只見窗簾被風吹得忽上忽下。

難不成是被風……？我登時立馬挺直身子衝到窗戶邊。

探頭往下一看，果真是被風吹走了。

幸好還在，我瞬間燃起一絲希望，圖畫完好如初地躺在草叢上，但搖搖欲墜地模樣看起來隨時又會被吹走。

然而正當我準備衝下樓的轉身之際，卻赫然看見學長從草叢一旁經過，於是我想也沒想立刻大喊：

「學長學長學長——」

聞言，他身體愣了一下，然後左右張望似乎在尋找聲音源頭。

「在上面——這裡這裡！」我用力揮手。

學長微微旋過身然後抬起頭，看見是我後接著一臉莫名其妙地開口說道：「妳在幹麼？」

「那個那個——那邊那張紙！」我伸直手。

「這個？」學長走近一指。

「對！幫我撿一下……啊——不可以！又要飛走了——」

說時遲那時快，學長猛地一個小跳躍成功抓住畫的一角。

Oh my god，學長，你是我的英雄！我的鋼鐵人！我的美國隊長！

「拿到了然後呢？」

「嘿嘿，上來吧。」

「不是應該妳下來拿嗎？」

「唉呀，好人做到底嘛……」

我趴在窗邊像個古代奸臣般，可只見學長又將圖畫放回草叢還露出使壞的表情，我頓時嚇得連忙喊道：「開玩笑我開玩笑的，你在那裡等我不要跑喔！」

說完我立刻衝下樓，結果才下了一層樓，沒想到學長竟出現在轉角樓梯間。

「好人做到底，拿去。」

真不坦率，明明上一秒還一臉叛逆的說不要，怎麼下一秒又像個乖順的小孩一樣乖乖走上來了。

「謝謝學長。」我暗自掩住笑意，伸手接過畫。

「妳畫的？」

「對啊。」我興奮地回答，鼻子翹得老高，「怎麼樣，畫得有模有樣的齁？」

「嗯，畫得挺好的。」

沒想到學長竟然口出稱讚！

「兒童界第一名。」

「喂！你這是褒還是貶啊！明明就畫得很好啊，陸地是陸地、海洋是海洋耶。」聞言，我無言地抽了抽鼻子，很不滿意的反駁道。

學長輕輕彎起嘴角不語，逕自踏上階梯。

「學長你要去哪？」變身成跟屁蟲，我一手搭上另一手的手肘置在背後。

「祕密。」

「什麼祕密分享一下。」

「不要。」

「透漏一點點就好。」

「不要。」

「小氣鬼。」

「到了。」

不知不覺已經停在美術教室門前，往旁邊一看，學長雖然說「到了」但他卻一直往前走去。他要去哪咧？

雖然抱著小小的疑惑但我沒有跟上去。撇了牆上的時鐘，眼看還有些時間於是我決定再多畫一些，至少畫完三分之二也好。

過了一個小時，我按了按頸肩，把畫布拉整齊後再將弄亂的桌面收拾乾淨，最後把門窗鎖緊然後準備打道回府。

黃昏時分，夕陽餘暉將天邊染上懷舊氣息，空無一人的長廊抛開平常吵鬧的外殼，好安靜。然而在一片寧靜之中突然有一陣陣微小的琴聲響起，似乎是從前方傳來的。

循著聲音我緩步向前移動，這道琴聲來自音樂教室。忽然有種預感，我很肯定彈奏這旋律的人是學長。

經過幾間專業教室後，在盡頭的那間教室就是音樂教室了。

門是打開的，我靜悄悄地站在門外朝裡頭一瞧，果真如此！

學長坐在黑色鋼琴前，背脊挺直，雙手流暢自然地在黑白琴鍵上譜出一陣陣溫柔旋律，神情看起來享受其中，臉上透著淡淡一抹笑意，窗外透進來的夕陽餘暉將他的側臉輕輕鑲上薄薄一層橘黃色光粒。

整個人好像融合在夕陽光芒裡。

看著學長彈琴的模樣不由自主覺得有股溫柔氣息降臨在他的周圍，像是鮮奶油滑順般的絲綢，又像是乘著風的輕盈羽毛，輕輕地、淡淡地、淺淺地。

我側身倚靠白牆，靜靜地站在門外聆聽，聽著聽著出了神，直到一切恢復安靜後才回過神。

其實我一直很崇拜會彈鋼琴的人。

小時候在社區裡有幾戶住家像是說好般的家中都有台鋼琴，所以時常能聽見各種不同的樂曲，幾乎無論何時。

社區裡的孩子們總是玩在一塊兒，常常會到不同人的家玩耍，每次的重點幾乎都是放在鋼琴上，包括我在內的幾個孩子因為不會彈琴所以總是用兩隻小手在琴鍵上敲敲打打，玩得不亦樂乎。

可也常常為了爭玩琴的主導權而吵了起來，不過這時另一名年齡最大的姊姊就會帶著一股從容不迫的氣勢坐上琴椅，神情親切又專注。原本圍在鋼琴旁的小鬼頭們就會像被施了魔法般乖乖坐到地毯上，睜著圓眼不吵不鬧安安靜靜聽著一首首活潑又悠揚的樂曲。

當時年紀還小只覺得：好好聽喔！可後來長大了就多了一個想法：啊，這就是音樂的力量哪。

也許是有這樣子的回憶，後來對鋼琴就有種莫名的熟悉感。國中的午休時常偷溜出去到音樂教室看音樂老師或是來練習的學生彈琴的樣子，甚至高中時連社團也很巧合地選擇了鋼琴社，只不過很遜地到最後什麼都沒學會，甚至連最基本的小星星也不會彈。

唉，我看我果然還是乖乖當個聽眾好了。

趴唧——

就在此時一陣混亂的琴聲響起。定睛一瞧，學長正趴在琴鍵上下一秒又直起身，手肘靠在琴鍵邊手掌撐著額頭，頭低垂著。

持續了將近一分鐘之久，仍舊沒有其他動靜。

突然一個念頭默默興起，我慢悠悠地走近，忍住笑意，儘量不發出任何聲音地站在學長背後，接著悄悄抬起手準備——

「駭客入侵。」

他猛地一句嚇得我立刻旋轉一大圈躲到一旁課桌椅旁蹲下。

可惡，被發現了。

「嚇人的技巧完全是初學者，學妹。」學長修長的雙腿交疊慵懶地盯著我瞧。

不、那眼神分明寫滿了可笑與恥笑啊！

「呿，我就不相信學長你嚇人的技巧有多高超！」我不甘心地回嘴還做了個鬼臉。

「好醜。」

「不過你什麼時候知道我在這裡的？」

說話的同時，因為腿有點不舒服於是我挪了挪身體喬了個比較舒服的姿勢讓血液循環，但此時撇見一旁玻璃櫃的反射，看見自己雙手往前伸直垂落，蹲下的腿成了大V字型的樣子，呃這怎麼好像是一個欠人扁的小痞子……

「從十分鐘前妳站在門口罰站開始。」

「原來學長一直偷偷注意我齁！」我露出「哼哼哼被抓到了吧」的表情。

「被變態一直盯著看怎麼會不去注意。」

「我才不是變態。」

這是不實的指控啊！

我反射性地站起身想要反駁，結果一陣暈眩感同時猛烈襲來，眼前蒙上一片薄薄摻著光的黑，身體不受控制的搖搖晃晃接著一個重心不穩，早知道不要一下站起來了呃啊要跌倒了可是沒有東西能扶……

不痛。

不痛？

暈眩感消失，視線恢復正常，但手腕感到一抹溫熱，眼前也多了一張放大的迷人臉蛋。

「啊啊啊——噢痛痛痛痛！」

該死，我的尾椎。

「吼學長你幹麼突然放手啦，我的屁股好痛……」我仰起頭欲哭無淚，一手撐著身子一手吃痛得摸摸疼痛部位。

「誰叫妳要突然大叫。」學長的表情平淡如水，相當沒良心。

「還不都因為你的臉！」

「蛤？」他輕皺起眉，聽來很是奇怪。

「忽、忽然這樣近距離任誰都會大叫的吧。」我咕噥。

而且對方還是自己喜歡的人欸！

煩欸為什麼我那麼容易害羞，我明明不是一個容易害羞的人啊奇怪耶。

「這樣——」

還沒來得及反應學長的臉又再次朝我靠近。

「嗎。」他的單音輕得像是水蒸氣。

我的瞳孔頓時瞬間放大，連呼吸也不自覺得開始變得小心翼翼，腦子一片空白，鼻息間漸漸環繞著一股輕輕淡淡地舒服好聞的味道。

這時我發現從學長漂亮的眼睛裡有一個熟悉的人，她的表情呆滯得像個笨蛋一樣。

「這次沒有大叫。」學長坐回琴椅，表情仍舊清澈如湖面，不過嘴角似乎往上揚了一些弧度。

「誰會每次都大叫啦！」

我又尷尬又羞窘地撓撓頭髮，怎麼我的表情是激動得像海嘯，於是我隨便找了個話題。

「學長你有學過鋼琴嗎？」

「沒有特別去學。」

「那你怎麼會彈？」而且還彈得挺有一番專業的。

「以前看學姊彈，看著看著就會了。」

「哇。」我不禁驚嘆，光這樣就能彈得那麼厲害？不，學長肯定也練習了很久，「學長你的學習力很強欸。」我輕輕用指腹按下白色琴鍵，一聲聲清脆的聲音響起。

「妳會彈嗎？」

我晃晃腦袋，恐怕連邊都碰不到吧。

「雖然喜歡但是不會，呵呵……」

「別傻笑了，好像白痴。」學長的表情真的就像是在看一個白痴。

我不以為意，故意繼續呵呵笑。

他重新將雙手放回琴鍵上，似乎打算繼續彈奏。

叮地一聲，頭頂突然亮起一個小燈泡，我活像個古代奸臣般嘿嘿嘿地笑。

「學長。」

他微微側過臉盯著我不語，那像是在說：「怎樣？」

「你可以教我怎麼彈小星星嗎？」

「小星星？」

「對，小星星。」我點頭如搗蒜，眼睛不停眨巴眨巴試圖讓學長接收到誠懇的意思。

「為什麼是小星星？」他問。

「因為，這首歌算是我的童年回憶吧。」我答道，隨後笑笑，「大概也是每個人的童年回憶，而且對我這個初學者來說應該比較容易學會。」

幾乎是有記憶以來它的旋律就像是陪伴自己長大一樣。即使長大後聽見了也總有種熟悉懷念的感覺。讓人會心一笑。

一閃一閃亮晶晶，滿天都是小星星。
掛在天上放光明，好像許多小眼睛。
一閃一閃亮晶晶，滿天都是小星星。

「它的旋律簡單，應該不會太困難吧？」

「是不困難。」

「那……」我不由自主將尾音拖地長長的。

你的回答是什麼呢？

「嗯。」

「嗯？」我重複那個單音，隨即睜圓眼睛，興奮地說道：「意思是你願意教我囉？」

他不語，但是點點頭。

喲呼——

「我會好好學的，謝謝學長！」好開心呀。

「學費要乖乖繳喔。」

「什麼學費？」

學長驀地微微偏頭，笑得不懷好意，道：「音樂老師也要吃飯的。」

「……。」

「開玩笑的。」

「不，學長，你放心我不會讓你白白教我的。」我握起拳頭，像是奮發向上的青年般熱血沸騰。

「哦？那要我黑的教嗎？」

汗顏，我該說什麼，學長是講幹話癌的末期患者嗎？

牽起一邊嘴角，我無言：「學長，你不適合講冷笑話。」

「我才沒有講笑話。」

不過剛才那句話怎麼好像哪裡怪怪的？

「總之我不會讓你白白教我的！這樣吧，我請你吃飯！」

「不用了。」

「為什麼？」

「不過就是教首兒歌而已。」

「不行！」

「不要。」學長像耍賴的孩子。

哼這時候祕密武器就該上場了。

「甜甜圈……」這三個字我故意說得飄忽，只見學長意料之中地緩緩側過頭，「也不要？」我挑挑眉。

「算了，就勉強一下。」他快速說完，接著站起身從玻璃櫃堆成整齊一排的資料夾中抽出一本白色資料夾。

Yes!

「請多指教囉，老、師。」我故意笑得詭異。

學長冷冷掃我一眼。

咳咳，別這樣嘛。

不過學長明明就很開心還故意裝作不在意，這大概就是傲嬌吧，真不坦率，想笑就笑嘛，看、看嘴角都偷偷上揚成那樣了。

學長將資料夾攤開，翻了幾頁後抽出一張樂譜。

「這是《小星星》的樂譜。」他說，接著又將樂譜放回，然後遞給我。

上頭有幾處泛黃的痕跡，還有摺痕，邊邊角角有幾塊也破了，看起來似乎已經有段時間。

「我先彈一遍。」

語畢，學長的指尖輕輕落在琴鍵上，隨後流暢地彈奏起輕快活潑的音符，雖然窗外仍舊還是一片豔麗的橘紅色，但此時此地卻彷彿真的有顆小星星正在一閃一閃亮晶晶。

Twinkle, twinkle, little star,
How I wonder what you are!
Up above the world so high,
Like a diamond in the sky.
Twinkle, twinkle, little star,
How I wonder what you are!

隨著熟悉的旋律，我忍不住笑了。

「笑什麼？」最後一個音符落下，學長側過頭問道。

「沒，沒什麼。」我搖搖頭依舊忍不住笑意。

「怪人一個。」

「才輪不到你來說我。」

學長才是怪人，喜歡甜甜圈到瘋狂的怪人。

「啊──好想快點學會。不過我連Do Re Mi Fa Sol在哪都不知道。」想到這我不禁有些苦惱，真是遜斃了。

然而正將琴蓋放下的學長突然皺起眉，似乎是感到驚訝，「不急，只要有心想學應該可以學會。」

「嗯，我會加油的。」

而且老師是學長我想一定會學得更快的！

嘿嘿嘿……

「學妹妳還不走嗎？」

只見不知何時已學長將背包隨意掛上一側肩膀，手搭在門把上，側身一臉慵懶地睨向我。

「繼續待在這裡小心被反鎖。」

聞言，只見窗外不知何時染上一片漆黑，化成黑影的樹叢颯颯作響，讓原本就沒開燈的教室顯得更加詭異。

我立刻抄起背包衝出門外。

「所以學長答應教妳彈小星星了？」後來當我告訴容馨後，她又再次確認般的問。

「沒錯，從下星期開始！」

原本是打算隔天開始，但因為這星期學長被教授指派任務所以就將練習時間移置到下星期，放學時間音樂教室通常沒有人使用，昨天上音樂課時也向音樂老師徵求許可，幸好音樂老師很豪邁地直接答

ＯＫ，只要負責鎖門以及好好維持教室乾淨和保護好裡頭的樂器就好。

「挺不錯的嘛，還知道要製造機會。」容馨驀地笑得詭異。

「喂喂亂想什麼，我才不是故意製造機會……」這是真的！當時我只有很想學會這首歌的念頭而已。

「所謂近水樓台先得月，妳身為直屬學妹已經贏在起跑點了，現在又常常和學長見面，感情肯定會加分的。」

「應該也不是贏在起跑點吧……不過學長會不會嫌我煩啊？」我問，下意識地悄悄望向坐在窗邊正撐著頭睡覺的學長，然後又回歸視線，「而且不是有人說過如果太常見面的話很容易會覺得厭倦？」

「這當然要自己懂得拿捏分寸。既不要太主動，也不要太被動，適時機出手，出手要對、要準、要快！」她越說越激動，熱血感十足，好像背後有把火在燒。

「各位！」

阿禹學長突然砰地跳到桌上，所有人的目光一致往前方看去，接著阿禹學長從旁一手抓起麥克風一手握拳往上舉並大聲說道：「現在，全部聽我口令，動作暫——停！偉大的社長大人有大事要宣布。」

「咳咳，啟稟中二病發作的『偉大』社長大人，能否請您坐回皇位上呢？小的們用立抬頭看您，脖子很酸哪。」

「唉。」阿禹學長一臉「拿你們沒辦法」的表情，咻地又跳下桌子，隨後一屁股蹬上桌面。

「敢問社長大人所謂大事是指何事呢？」

「現在是冬天嘛。」阿禹學長明知故問。

「如您所見，在場無人不身穿厚外套。」

社團教室的地理位置因為處於順風向的地帶，所以冬天的教室裡總是流竄著一股冷風，而夏天則涼爽舒適。

今天的天氣依歸陰雨綿綿，看著天上灰濛濛的烏雲，讓有段挺深刻的記憶突然從腦子蹦出來。

時間要回溯到前陣子，天氣陰雨綿綿體感溫度稍低的某天下午最後一堂課後的放學時間——

那天經過社團教室正巧看見小花學姊一個人在裡頭，頭微低垂，有些好奇於是我熟門熟路地走進去。

結果沒有平時小花學姊開朗回應的聲音。靜默了數十秒鐘後，小花學姊這才發現來人而一愣一愣地抬起頭。

「……嗨，初樂。」她看起來有點像是精神被榨乾的樣子。

探頭一看發現小花學姊面前的桌上全是一張張寫了字跡的橫線白紙，有的被揉成球狀、有的完好如初躺在那兒。

「學姊，妳怎麼一個人待在這兒？」

「沒什麼啦哈哈，想一個人獨處一下，結果教室太吵圖書館又客滿，晃了一圈還是這裡最安靜。」

「那這些……」看著堆成小山的紙球，我不禁好奇問道。

「唉，我在煩惱、煩惱呀。」小花學姊說完嘆了口氣。

「妳在煩惱什麼？」

這時候就該點一首蘇打綠的《你在煩惱什麼》。

就算只有片刻，我也不害怕——

對不起，我亂入。

「學妹，妳有寫過信或是什麼小卡片給人嗎？」小花學姊突地問道。

「有啊，小時候常常寫卡片給爸媽，還有朋友生日的時候寫過特大號的卡片。」還記得那時候小女生們最流行玩這套了，雖說是卡片但其實材質是塑膠瓦楞紙版，各個比大比字多比照片豐富。

「嗯……如果對象是異性，頗有好感的異性呢？」

聞言我快速思忖了幾秒，「異性的話從來沒有過。」嗯，真的，從小到大都沒有，「學姊想寫卡片給哪個異性嗎？」

小花學姊先是愣了一秒，然後嘆口氣，坦然地道：「嗯，可是我煩惱要寫什麼。」

「寫想對他說的話呀。」

「可是我想不到。突然寫些什麼深情的句子這……他不尷尬就算了但我會很尷尬。」

我忍不住噗哧一笑，小花學姊不解地微笑看著我。

「怎麼了？我臉上有沾到什麼東西嗎？」

「沒有，什麼東西都沒有。」我搖搖頭。小花學姊此時煩惱的樣子讓我莫名覺得可愛。

「學妹真奇怪。」

「哪有！」

「是是是，妳最不奇怪了。」小花學姊一臉無奈地失笑，接著又嘆了一口長氣，「聖誕節快到了，我和他好歹也認識了十幾年，平常雖然常吵架但也真的受了他不少照顧，而且仔細一想也從沒送他什麼像樣的東西，想說不如趁著今年特別送他一份禮物……」

「十幾年是一段不短的時間耶。」

「哈哈，是啊，而且我們竟然幼稚園國小國中高中大學甚至連社團都一模一樣。」

聞言，我忍不住驚嘆：「這是命運哪命運，天賜良緣啊。」

「呵呵，應該是一段無法無天的命運吧。」

「那妳有決定禮物是什麼嗎？」如果決定了禮物，卡片的內容應該比較好想吧。

「嗯，決定好了，禮物是蛋塔。他最喜歡蛋塔了，而且成天嚷嚷著好像要昭告給全天下人知道一樣，真是幼稚。」

「沒想到學姊會做蛋塔？好厲害！」

「欸欸別小看我喔。」小花學姊瞇起眼勾起笑，「其實我對料理這方面挺有自信的，這得感謝我媽，因為我媽從小開始常對我唸著一句：『要抓住男人的心就得先抓住他的胃。』所以從小我幾乎都在廚房打滾，別人拿小鏟子玩沙我拿鍋鏟玩菜，後來久而久之也做出興趣了。中餐西餐幾乎沒問題，但是甜點這塊就比較沒自信了，不過莫蔚風這方面倒是表現得相當出色……」

「學長？」

「對啊，只是其他部分還輸給我啦哈哈——」

真佩服學長，不僅僅身材完美長相又帥氣，頭腦又好，運動神經也挺棒，甚至還很擅長做甜點！

果真是百年難得一見的極品呀。

「初樂，如果是妳，妳會在卡片上寫些什麼？」當我又開始發花癡的同時，小花學姊換上一本正經的表情問道。

「我會、我應該就直接寫聖誕節快樂吧。」被學姊的表情感染，我也不自覺正經了起來，「頂多再寫個幾句身體健康萬事如意吧……」

「哈哈哈，又不是過年！」

「真的啦！」

「ＯＫ，這些我會好好參考的。」

「學姊喜歡那個人嗎？」

「喜歡？大概……喜歡吧。」小花學姊漫不經心地抓抓鼻尖，好似正在害羞，接著開始拾起筆在紙上塗塗寫寫，「雖然我沒有弟弟不過他就像我弟弟一樣，既欠扁又白目……好冷喔這窗戶誰開的。」寫到一半她驀地站起身，接著走至窗邊關上窗戶。

但就在這時，因為關上窗戶的關係讓外頭的風瞬間形成一股強大的風速直直朝內部襲來，這陣風力量大到猛地將後方的大門碰地一聲關上！

「門！」我轉轉門把，「完了，打不開。」

「怎麼會這樣？」聞言，小花學姊訝異地撐大眼，也轉了幾下門把，但門依舊毫無動靜。

「社團教室的門是不是很早就有問題了啊？」

忽然想起之前社團課時，某個學姊說過以前教室的門因為其他來路不明的學生追逐玩耍的關係被用力撞了一個凹，從那之後門就怪怪的，打開或是關上時都會卡卡的，所以通常門都是用一塊磚塊擋在下方，最後一個人離開時再鎖上。

雖然找過工友叔叔修理但工友叔叔說這得直接換個門才行，當時大家一致認為不如就維持這樣就好了，至少還能用，不然又得花費一筆修繕費。

門是由外往內推的，在裡頭的我試著再用力往內拉幾次，但仍徒勞無功。

「是啊，而且這扇門也已經很久了，雖然會定時補色但還是看得出來有些生鏽斑駁對吧。」小花學姊掏出鑰匙在鑰匙孔內轉動了幾下。

外頭的夕陽逐漸沒入地平線，桌上的紙團小山被折射出一道陰影。

「只好打電話求救了。」最後，小花學姊勾起無奈的微笑聳聳肩走回位置上，「手機、我的手機……啊幹，在教室充電。」

「我有。」我從口袋掏出，但滑開螢幕後才發現——「快沒電了！」我驚恐地公布。

「趕快隨便找個人來吧。」

「好。」

我左滑右滑，只見右上角電池圖案正泛著不寒而慄的紅光。通訊錄上一排名字，容馨、這傢伙不接；打給小花學姊、白癡別鬧了小花學姊人就在這；阿禹學長、喔天竟然是語音信箱？啊啊啊隨便什麼人都好快點——

「喂？」

「學長你現在方便來一趟社團教室嗎因為剛才風一吹然後門碰地關上結果竟然壞了——」

我的話被硬生生中斷了，取而代之的是不寒而慄的安靜。

「陣亡了。」

「沒關係，至少現在有人知道我們被困在這裡。」樂觀的小花學姊露出令人安心的表情。

「說得也是。」

我同意地點點頭，坐上小花學姊對面的位置上，拿起一張上面畫著Q版蛋塔的紙張端詳。

「蛋塔做起來會很困難嗎？」我問道。

「不會啊，很簡單。」抬眸，她的筆在指尖輕巧旋轉。

「那要怎麼做？」

「首先將麵粉——」

在這十分鐘內我們你一言我一語的討論著蛋塔的做法，不知不覺小花學姊身後的夕陽已經有半顆墜入地平線了。

「如果妳也想吃蛋塔我也可以給妳吃喔。」

「真的嗎？我想吃！」

「沒問題。」

叩叩叩——

此時一聲突兀的敲門聲響起，回頭一看是阿禹學長和工友伯伯站在門外。

「來了。」小花學姊泰然自若地撐著下巴。

只見阿禹學長不曉得在興奮什麼整張臉都貼到玻璃上完全佔去好一大塊面積，旁邊的工友伯伯不耐煩的皺起眉，接著放下工具箱拍拍他的肩膀，嘴巴開開合合似乎是在說：「混小子閃邊去老子要工作。」

五分鐘過後，門終於順利被打開了。

「依我看，這扇門百分之百不能用了，最好是換扇新的。」工友伯伯將鐵鎚放回工具箱裡。

「真得換呀？」

「都成這副模樣了還不換嗎。」

「好吧，那得再麻煩伯伯您了喲。」阿禹學長諂媚地朝工友伯伯眨眨眼。

「傻小子先去保健室吧，真是，不正經。」工友伯伯邊碎念邊搖搖頭，「門兒，我明天再來收，先暫時別關門吧。」說完，工友伯伯就一邊碎碎念一邊離開了，不過中途又回頭瞪了阿禹學長一眼。

「阿禹學長，工友伯伯是不是看你不爽啊？」剛才這一連串情景讓我不由得起了這麼一個疑惑。

「肯定是因為和老婆吵架才心情不好罷了。」阿禹學長說得頭頭是道。

「陳禹人你別胡扯了。」小花學姊扔出一記白眼，然後搖身一變成捕捉到精采一幕的狗仔隊般，露出奸詐的微笑說道：「初樂我告訴妳事情的真相是這樣的，其實是之前他把工友伯伯的便當吃掉了，吃得一點渣也不剩。」

聽聞，我忍不住噗哧一笑，「偷吃便當？」

「幹，李裕樺妳不要畫龍添蛇好嗎。」阿禹學長回以一記翻到後腦勺的白眼，「我是看箱子裡就剩那麼一盒便當孤拎拎的，不知道是誰沒拿，而且我也在旁邊等了一段時間啊，最後也沒人來認領，不吃可惜、丟掉浪費，我是做好事欸拜託。」

「誰知道好巧不巧就被工友伯伯當場逮個正著，甚至還氣到現在。」

「我永遠忘不了伯伯那一張宛如牛頭馬面發火的表情。」

最後我們得到一個結論：食物的怨念是很恐怖的，乖孩子不要學。

「不過怎會是你來？初樂那時候不是打給莫蔚風嗎？」往停車場的路上小花學姊問道。

「怎麼？看見是我所以失望了？」

「白癡，認真的啦。」

「那時候我剛好和蔚風在一起，所以我理所當然就知道啦，結果誰知道那該死的地中海老頭中途又把蔚風叫到辦公室，他無法推託於是就只好由我率領工友伯伯好戰友前去英雄救美啦。」阿禹學長落落長地解釋，最後得意地翹起鼻子，「怎樣，感動吧。」

「那你手機怎麼沒接？」

「放在教室充電啊。」

「小花學姊也把手機忘在教室耶。」

「那我們可真是半斤八兩呢，小、花。」

「噁心死了快把你的手從我肩膀拿開！」

「借放一下又不會死。」阿禹學長幼稚地故意加重力道，在小花學姊極力反抗的同時阿禹學長又偏過頭相當有朝氣地朝我說道：「對了，學妹記得要和蔚風說一聲喔。」還附贈幾個相當「俏皮」的眨眼。

我愣了幾個眨眼的時間後才明白。此時也抵達了停車場。

十分鐘後，和小花學姊他們告別後我便騎車打道回府。

中途等紅綠燈時我將安全帽的罩子往上拉開交換一下空氣，涼風隨後竄入衣領內。眼前是一條車水馬龍，行人三三兩兩成群結隊地走在斑馬線上，勾肩搭背、交談甚歡，小綠人還正在悠閒地散著步。

「寶貝，等一下要去哪裡吃飯呀？」

「寶貝想吃什麼？」

「嗯～都可以呀。」

此時一對情侶從右側緩步往左側前進，女生勾住男生的手臂，男生搭上女生的肩頭，兩人親暱地你一言我一語看起來相當甜蜜。

「火鍋？」

「蛤～不要啦，前天姊妹生日那天才吃過。」

「鍋貼？」

「可是好油耶。」

「拉麵？」

「拉麵喲，但是上星期我們不是才吃過嘛，你還吃得滿身大汗。」

「那魯肉飯？」

「常去的那家今天公休耶。」

「不然……漢堡？」

「熱量太高了啦，萬一我變胖怎麼辦。」

「就算變胖我也還是愛妳啊小傻瓜。」

「真的嗎？好感動喔，我就知道寶貝對我最好了。」

「當然囉。」

「討厭，一開心起來肚子反而更餓了。」

「那妳想吃什麼？」

「都可以呀～」

What the fuck……

不要問我為什麼聽得這麼清楚，總之我突然覺得我好像看了一齣全是粉紅泡泡的戲，閃得讓人躲也躲不掉，而且幾隻烏鴉還很突兀地從頭頂飛過了。

綠燈亮起，油門一催，繼續上路。

結果經過兩個路口後我還是忍不住，只好先臨停在一盞路燈下，然後掏出手機。

「學長，我成功逃出來了。」打完，發送。

沒想到下一秒竟然立馬出現了「已讀」兩個小字。

我又驚又喜，本來以為依照往常的經驗至少還得等上一段時間。雖然知道學長是一個很忙碌的人所以訊息會晚回也是正常的，但總是等得很坐立難安呀。

「下次讓手機吃飽點，說到一半就突然消失這種感覺很不好。」

「我知道了。」果然當時那種狀況造成學長困擾了。我送出一張下著雨人物撐著傘哭哭的貼圖。

——雖然他總是一副平淡如水的模樣，但其實內心是很溫柔的。

此時我的腦海浮現出阿禹學長發動機車前時對我說過的話語。

「好醜。」

或許慢慢與學長相處就可以再了解更多了。

「誰？」

「身體白白頭圓圓還沒頭髮。」

一秒鐘後我才意會到原來他指的是那個貼圖人物。

「這個貼圖明明很可愛，而且很有名耶，在亞洲地區排行榜總是第一名。」然後我又傳了一張愛心的貼圖和充滿禮物的貼圖。

「這是他女朋友，然後這張裡頭的人物是他的好朋友，可愛吧？」

然後他回應的不是句子而是一張貼圖。

而且還是與我傳送出的第一張一模一樣的貼圖。

「吼，學長你明明也有買還嫌他醜。」

「哈哈。」

回想完畢，我忍不住又偷笑了一下。

「那麼提到『冬天』會想到什麼呢？」阿禹學長的口吻像是在幼稚園向孩子問問題的老師般。這一問，大家相當踴躍的舉手回答。

「火鍋！」

「暖暖包！」

「羽絨大衣！」

「麻辣鍋！」

「熱可可！」

「關東煮！」

「寒假！」

「溜冰！」

「雪！」

「冰！」

「喂，為啥有冰啊？」

「想到雪就會想到冰嘛……」

「雪人！」

「聖誕老人！」

「聖誕節！」

「很好，回答相當踴躍。那麼想到夏天又會想到什麼呢？」

「冰淇淋！」

「冰棒！」

「剉冰！」

「西瓜！」

「涼麵！」

「冰塊！」

「除了食物之外呢？」

「暑假！」

「海邊！」

「陽光！」

「沙灘！」

「比基尼！」

「你們三個是說好的喔！」

「不然社長你自己也說一個啊。」

「哼哼……你們沒有一個說對，都忘了一個最～重要的重點。」

「什麼重點？」

「猜～啊～」阿禹學長故意露出一副「你咬我啊」的表情。

「靠，社長你不要再賣關子了。」

「好啦好啦火氣別這麼大。」阿禹學長安撫般地擺擺手，接著一躍而上講台，十分有氣勢地，「夏天有個月份是很特別的月份……沒錯，就是農曆七月。講到農曆七月會想到什麼呢？對，就是好兄弟！鬼故事！」

「所以……？」眾人瞬間靜默。

「經過上午各社團社長們討論出來的結果，決定在明年夏天舉辦一場試膽大會！」

「試膽大會？」

「嗯哼～地點就在學校，而且除了在校學生之外也開放一般民眾參與。各社團負責的部分目前仍在商討，不過可以確定的是這項計畫一、定會成行。」

阿禹學長這一宣布讓在場的大家都開始興奮地議論紛紛。

「水啦，我很早就想參加看看這種活動了！」

其中容馨更是十分雀躍地彈了個響指，那表情就像是巴不得明天就是試膽大會舉辦的日子。

我都忘了，她最喜歡的就是關於那些鬼呀、靈異呀、幽靈呀之類的事情，甚至有天她突然不知哪根筋不對竟然宣布她想在鬼月時去一個人到鬼屋住一晚。

「別鬧了。」當時，對於這番言論我感到嗤之以鼻。

寧可信其有，不可信其無。

「初樂妳最怕鬼了對吧。」容馨又探頭朝我呵呵一笑。

這倒是真的。

「試膽大會應該不會有嚇人的橋段吧……」

唉，別傻了，這怎麼可能。

「笨蛋，沒有嚇人怎麼還叫做『試膽』？」

果然。

「但至少那些鬼都是人假扮的，這、這點肯定沒問題。」

然而此時容馨卻突然拿出不曉得從哪變出的手電筒，打開電源然後把燈放在下巴，露出一臉假鬼假怪的表情。

她宛如鬼婆婆般竊笑幾聲：「哼哼哼哼……小女孩，這可不一定喲，因為妳永遠不會知道妳看見的人究竟是真是假……」

「那就讓我檢查看看啊——」語畢，我伸出手指用力往鬼婆婆的臉頰進攻。

「別拉了很痛！」

「妳是真的還是假的快告訴我呀！」

「我是真的我是真的！」

「無聊。」我停止攻擊，冷冷瞪向摀著發紅雙頰的鬼婆婆一眼。

「可是社長，這個活動每個人一定都要參加嗎？」此時有人舉手發問。

「照理說是依照個人意願啦……」阿禹學長欲言又止，「不過如果參加的話可以加分，而且這活動不單單只是試膽大會而已，其實還另有個尋寶活動喔！」

「什麼尋寶活動？」

「如同字面上的意思。不過細節就暫時保密囉。」阿禹學長笑得神祕，最後用捲成長筒形的雜誌往黑板敲了幾下，「總之，請各位敬請期待！」

Chapter 3

「不對，這時候要按的是Do，然後Re在這裡。」

「對……再加進其他音符。」

「很好，接下來試著加快速度。」

接連幾天在音樂教室的鋼琴課過後，好不容易總算能成功能彈出「主結構」上的《小星星》了。

看來我的音樂天分真的是數一數二的差，思及此我不禁深深嘆口氣。

連學長也一臉無可奈何地搖搖頭。

「學長，我又忘記Mi在哪了。」

某天下雨的午後，我頹然望向身後坐在椅上姿態慵懶視線放在手裡原文書的學長。

「照我昨天教的好好回想。」老師連看也不看我一眼。

「……好吧。」我甩甩手，將手指置在鋼琴鍵上。「喔！想起來了。」

於是我繼續練習。

「學長……」

「不要分心，不要看我，看樂譜。」老師嘴上說著，但卻倚在窗邊視線望向外頭的小鳥，一邊吃著似乎是某學弟贈送的甜甜圈。

「我只是想說我彈完了……」

後來又經過地獄般的訓練加上我不屈不撓誓死成功的精神後，最後終於、在聖誕節前一個禮拜成功完整彈出整首曲子了！

「除了這兩段容易卡住的部分之外其他大致上都沒問題了。繼續練習，好好加油。」當夕陽碰觸地平線之際，學長對這兩個禮拜的鋼琴課作了一個完美的句點。

「是，謝謝老師。」我裝模作樣的舉手敬禮。

「這份樂譜就給妳吧。」

「真的嗎？」我瞄向琴架上那張充滿音符及五線譜還摻著出自於我之手的凌亂筆跡Ａ４紙張。

「嗯，練習也比較方便。」

「謝謝學長。」我開心地將樂譜拿下，這份樂譜是從學長原本的樂譜影印下來的，上面有些學長潦草卻又整齊的字跡。

其實我有一個很莫名的堅持，要挑選一個男人，除了外表、個性之外還有一項是他的字跡，男人的字如果寫得好看這相當加分。

走到中廊時赫然瞄見路旁還未裝飾的綠色聖誕樹，我順勢開口問道。

「對了學長，聖誕節那天你有打算要做什麼嗎？」

「妳想約我嗎？」

「什什什麼——才沒有……」我越說越小聲。

好啦對，我就是想約你，所以快答應快答應吧！

但是我沒有那個勇氣如此霸氣。

「看來妳要失望了，那天我要打工。」學長輕輕牽起一邊嘴角。

要打工啊……也是，聖誕節可是重要時段呢，肯定比平常更加忙碌。

好吧，只好與往常一樣和容馨過個淒涼又溫馨的聖誕節了。

哭哭。

「為什麼！」

然而隔天我突然被老師叫到辦公室，在聽完老師說的話後，我眼神哀怨地不禁吶喊，惹得辦公室內其他老師紛紛朝我皺眉瞪視，於是我立刻摀住嘴巴壓低身軀。

「唉，老師也沒辦法嘛。」老師露出無奈又可憐的表情，「原本答應的那位同學剛才才臨時告知說家裡有急事沒辦法赴約了……可後天就是聖誕節了，不能再拖了，人手真的不足啊。想來想去還是妳最合適，初樂呀，看在平常老師對妳就像對待自己女兒一樣，就幫幫老師一個小忙嘛，拜託拜託……」

「老師妳對每個人都嘛這樣說而且妳才沒有女兒……」我忍不住咕噥，接下來這句話更是說得細如螞蟻奔跑的程度，「……連男朋友也沒有。」

「紀初樂同學妳這是對老師說話的態度嗎？」

「是，我知道錯了，下次不敢再犯了，請老師原諒我。」

「嗯，很好。還有，妳老師我可不是沒有男朋友的喔。」她突然像個青春女大生般俏皮眨眨水汪汪的大眼。

「蛤？」

這名老師、咳，她是我們班的班導師，其實與其說是老師不如說是學生還比較適合。除了相當年輕，只和學生們相差了十二歲，重點是個性十分開朗又活潑，也不會刻意避諱什麼話題，想聊什麼就聊什麼，沒有普遍學生刻板印象的那種嚴厲又機車的教師影子，完全就是某個調皮學生偽裝老師的模樣，所以總能和學生打成一片。

但是有一天卻讓我看見了一幅場景。

那天一早因為同學臨時有事於是我便代替她打掃教師專用洗手間。結果一進去就立刻聽見一陣細微的啜泣聲，最後才發現那聲音的來源竟然是來自班導。

老師坐在馬桶蓋上邊像是在忍耐著些什麼地抽噎邊用手背抹去淚水，見狀，我趕緊奔回教室拎上一包衛生紙給她，她將眼淚擦乾後，將懷裡的衛生紙團扔進一旁的垃圾桶。

「初樂，不好意思，讓妳看到老師這副蠢模樣，嚇到了吧？可是……老師真的太難過了所以好想發洩一下……不過放心，現在沒事了。」

「可是老師，妳不像沒事的樣子。」

只見班導說著的同時，從口袋掏出濕紙巾接著在臉上胡亂抹來抹去，讓原本美麗的妝容一夕之間變成各種顏色攪和在一塊兒的雜亂水彩畫。

「真是。」她自嘲地笑了笑，站起身走至洗手台，打開水龍頭接著將臉上的一切洗乾淨。

後來我離開並且帶上門，將「清掃中，請勿使用」的掛牌立在廁所門前。

原本心想以為發生這件事情後早自習時老師不會來了，結果鐘聲一響，她跟平常完全一模一樣的一手抱著課本一手拿著麥克風笑咪咪地走進教室。

後來這件事就這麼落幕了。

「這不重要。」老師抽出一疊色紙，「總之，能不能請妳幫幫老師的忙呢？老師也是捨棄了和情人度過的機會呀。而且聖誕節和老師一起過也挺好的嘛，換個角度想這可是很新鮮的體驗耶，布置結束後老師還可以請妳吃聖誕大餐喲！」

「好，我知道了，聖誕節那天我會留在學校的。」我暗暗輕嘆口氣，乖乖接受任務指令，畢竟師長的話不能不聽嘛。

至少這不是什麼壞事，還可以獲得免費的聖誕大餐！

不過得趕緊先和容馨說一聲才行。

「這樣喔……好吧那沒關係，雖然有點可惜啦，不過妳就放心去忙吧。」容馨聽完後這麼回答道。

「抱歉啦。還是妳要一起來佈置學校……？」為此我還是感到有些不好意思，明明都約定好了。

「免了免了這我就不奉陪囉。」容馨相當沒有義氣的大笑三聲，「記得把學校佈置得美點啊，辛苦惹。」

「噁，裝什麼可愛。」

聖誕節這天溫度特別的低。

氣象預報說這幾天濕氣特別重，晚間也許會下起零星的短暫陣雨。

我穿上一件羽絨外套前往學校。聽完老師交代各項事務後便開始著手進行，忙了大半天直到中午休息時間時才發現身上不知何時只剩下兩件長袖上衣以及一件單薄的長褲。

我坐在小花園旁的長椅上，手捧著熱咖啡，哈——地吐出一團白霧。

休息時間結束後繼續進行佈置。

「學妹妳不冷嗎？」

聞言，我視線越過層層瓦楞紙板的縫隙瞧見前方來人。

「小花學姊妳怎麼也在這？」

「哦，因為陳禹人叫我幫忙一起討論試膽大會的一些細節，想說沒什麼事所以就來了，而且剛好也可以把禮物……話說回來妳又怎麼在這？還抱著……這一堆紙板。」

「來幫忙，哈哈。」

小花學姊摸摸我的頭，「要去哪？我幫忙。」還來不及回答，只見她逕自抽著一半的瓦楞紙版。

「體育館。」我笑笑，「謝謝學姊。」

「小事一樁用不著道謝。」

後來小花學姊陪我到體育館後便回到社團教室，而我也繼續進行下一個任務。

直到天色逐漸改變，不知不覺時間已來到下午五點整。

「初樂啊今天辛苦妳了，有妳幫忙減少了不少時間。」老師笑逐顏開，從抽屜掏出一把繽紛閃亮的糖果放到我的手心上。

「謝謝老師。」

「今天還沒結束，趕快去痛痛快快過一場聖誕節吧。」

背起背包走出辦公室，只見天空呈現一片微黃微橘紅微深藍的顏色。

我獨自一人走在長廊，略為寒冷的微風咻咻咻地吹出一道道聲響。

音樂教室……

我轉動音樂教室的門把，沒有鎖。於是我將背包放置一旁，坐上琴椅，掀起琴蓋，從包裡拿出那張屬於我的第一張也是唯一一張的樂譜。

緩緩深呼吸，再吐氣，把指尖輕輕觸上琴鍵。

一閃一閃亮晶晶　滿天都是小星星
掛在天上放光明　好像許多小眼睛
一閃一閃亮晶晶　滿天都是小星星

Twinkle, twinkle, little star,
How I wonder what you are!
Up above the world so high,
Like a diamond in the sky.
Twinkle, twinkle, little star,

How I wonder what you are!

隨著琴聲流淌，我的腦海中不自覺的開始浮現出一幕幕曾經收進眼底的美麗夜空。

這一次我終於完完整整一音不漏的成功彈出《小星星》了。

尾音結束，我不禁感激地笑了出來。

不過欣慰之餘卻又覺得有點心酸，如此簡易的一首歌曲我竟然需要練習那麼久的時間，看來當初爸媽似乎沒有把音樂細胞一起生給我。

「小星星。」

當我還沉浸在感動的氛圍時，一道男聲驀地從門外響起。

只見學長雙手環胸交叉神情輕鬆地倚靠在門邊。

「你都看到了？」

「還聽完了。」

「奇怪，那我怎麼都沒發現……一點聲音也沒有，學長你是鬼嗎？」

「嗯。」

「還嗯咧。」

「妳沒發現我的身體是透明的嗎？」

別鬧了，真是見鬼了才會看見是透明的。

「學長，你越來越幼稚了。」對於這話題我下了個總結論。

「走了，掰。」然而學長說完這句話便轉身往前走去。

「喂──幹麼這樣！等我！」

語畢，我立刻蓋上琴蓋、拎起背包、鎖門，這些動作僅在短短五秒鐘內執行完畢。

「學長你的打工結束了嗎？」我走在學長旁邊，笑嘻嘻問道。

「店長阿姨說如果年輕人不好好享受青春會後悔，所以就把我趕出店門了。」

聞言，我忍不住噗哧一笑。

學長淡淡撇我一眼，像是在說：笑屁。

「有點好笑嘛，發揮想像力想像一下你被趕出去的畫面……」我繼續很壞心地竊笑。

「怪人。」

「吼，又罵我怪人。」

「本來就是。」

「你才是。」

「嘿──前面兩位最、萌、身、高、差的男孩女孩……對，請原地立正站好別動。」

突然後方傳來一陣音量十分震撼的戲謔聲音，我與學長雙雙停下腳步並回頭。

「陳禹人你不要叫得那麼大聲啦吵死了。」

「哪會大聲啊是妳太神經質了……」

「你再說我就讓你把肚子裡的蛋塔當場吐出來！」

是小花學姊和阿禹學長！

「嗨——」阿禹學長似乎心情很好的不停揮揮手。

「你真的沒有一天不正經。」面對阿禹學長，學長像是習以為常般淡淡說道。

「話說你剛才不是說先到停車場等我們嗎？怎麼才走到這……哦！我～懂～了～」阿禹學長驀地露出一張意義不明的微笑。

而且下一秒竟衝著我不停笑笑。

「呃，怎麼了嗎？」我疑惑地問道。

「……。」他依然笑眼瞇瞇。

「別要憨了。」小花學姊越過阿禹學長同時伸手弄亂他的頭髮，惹得阿禹學長不服氣地哇啦哇啦大叫。

「走！難得的聖誕節，我們幾個去好好慶祝一番！」小花學姊興致高昂地說道。

「耶——肚子餓死了。我要吃雞排鹽酥雞蛋糕義大利麵牛排火鍋！」阿禹學長像個孩子般歡呼。

「初樂想吃什麼？」小花學姊笑咪咪問道。

「我想……」

「我要甜甜圈。」

「又是甜甜圈，媽的，莫蔚風你真的很有事欸，一天到晚都是甜甜圈，哪一天日子挑一挑風水看一看跟甜小姐登記結婚好了。」

「可以，那我一定找你當伴郎，等你和蛋塔小姐一起來。」學長像是要回敬般，臉上掛著的笑臉摻雜著頑皮與幼稚，狠狠一把搭上阿禹學長的肩。

「幹你真的——」阿禹學長反過來捏了學長的肚子。

「你們兩個真的很幼稚欸。」小花學姊笑得合不龍嘴。

此時我突然感覺不到寒冷，反而是心裡開始綻放出了一朵溫暖的火焰。

像是發現不斷投射而來的注視般，學長回過頭與我四目相交，這一刻，我竟覺得他的雙眸彷彿夜空中的小星星般。

一閃一閃亮晶晶。

「初樂，等會兒放學妳陪我去一下游泳館好不好，有個人要拿東西給我。」

過了幾天，最後一節課趁授課老師在黑板寫字時，容馨突然轉頭悄悄對我說。

「好啊。」我爽快點頭，「不過妳什麼時候認識了游泳社的人呀？」

「就順其自然……」她驀地支支吾吾的，「噓，乖乖上課。」最後選擇偏頭結束話題。

於是放學後我們改變以往的路線，踏上與校門口反方向的路前往游泳館。

「休息室……」容馨看著手機螢幕滴滴咕咕，「初樂，妳先在這裡等我喔，我很快回來。」語畢，見我點頭表示明白後便咚咚咚地往游泳館後方的小型建築物跑去。

我站在原地無趣地甩甩雙臂、踢踢腳。

游泳館位於學校稍微偏僻一點的地帶，通常不會有人經過這裡。有的話那幾乎都是游泳社的社員或是單純來游泳的。

而此時的放學時間更是杳無人煙了。

安安靜靜，只剩下風滾草的聲音。

對了，距離寒假也只剩下一個星期的時間。寒假要做什麼呢？不如來去打工吧……對喔，既然是寒假那等於有一段時間不能見到學長了。唉唉突然好不想放假喔……

然而此時不知是否有了幻聽，我竟然聽見學長的聲音，但聲音很遠很遠，遠到幾不可聞。

肯定是聽錯了，我搖搖頭，心想。

別滿腦子全都是他，這樣不行！

碰——

接著又是下一秒，右後方忽然響起了一陣撞擊聲！

我被突如其來的聲音嚇得整個身體抖了好大一下，然後下一秒一切又恢復平靜。

沒事兒沒事兒，不過就是風把門給吹上了……

有人說，當你獨處時總是容易胡思亂想；當你害怕時總是容易多疑多慮。我想此時我的心情大概就是這樣。

冬天的夜晚來臨得特別快。仔細一瞧，眼前所見一片黑壓壓，那些是樹木、是葉叢，染上黑色水彩的樹木在此刻看起來宛如來自地獄的詭異黑洞。

咿——

咿咿——

咿咿咿——

明明知道如果有什麼怪現象千萬不能輕易轉頭看，可是最後仍被好奇心擊敗了。我戰戰兢兢地往後一瞧——

只見游泳館的大門半關半掩的搖搖欲墜，然而裡頭的黑像是一塊巨大磁鐵般，好像強烈得要把你吸引入內。

暗暗深呼吸一口氣，一步、不，停下來！兩步、夠了！三步、不要再往前走了！我一步一步邁開步伐向前進，我真想狠狠打我自己一拳，明明害怕卻還是執意走上前查看。

輕輕推開有些生鏽並且冰涼的鐵門。

裡頭果然寂靜得可怕，連半個人影也沒有，一點聲響也沒有。

「紀初樂妳這大白癡，幹麼自己嚇自己。看，什麼東西都沒有啊……」

然而就在我自己信心安慰的同時，一個近乎透明的白影從游泳池的另一端虛晃而去！

我頓時狠狠倒抽一口氣。

幽靈。

沒錯。

我看見幽靈了。

和上次在體育館裡看到的一模一樣。

我不禁感到一陣毛骨悚然，恐懼的感覺從腳底開始蔓延至全身。

我愣愣地眨眨眼睛，這才意會到自己獨自一人身處在偌大又挑高的游泳池館裡，眼前是一座毫無波瀾平靜得詭異的游泳池。

少了平時充滿人聲的環境，只剩下空無一人的寂靜。燈光沒有全部開啟，唯獨只留下牆邊四個角落的盞盞壁燈弱不經風地靜靜照亮整個空間。

恐怖的氛圍隨著我躁動不安的情緒漸漸蔓延開來……

我輕輕吐出一口氣企圖讓自己平穩一些，殊不知回應我的是一陣陣宛如魔鬼哀嚎的聲音。

「回音，是回音，沒錯。」

我緊張得雙手食指交握，隨後我笑了笑試圖不要再胡思亂想。

「好，該出去了……」

但是正當我準備邁開第一步時，彷彿鬼片劇情在眼前上映般，那扇生鏽的大門竟突然自己用力關上！

啊啊啊——

現在是怎樣！

我頓時叫不出任何聲音，害怕又不知所措的愣在原地，一動也不敢動、應該說一動也動不了，左胸口腫脹得厲害，心臟劇烈地怦怦怦跳著。

不會吧……不要這樣鬧我啊！

我不過就只是一個普通又平凡的小老百姓，有事的話令另尋高人吧，拜託千萬不要找我啊……

因為我最怕鬼了！

嘻嘻。

嘻嘻……？

「啊啊啊啊啊！」

好可怕！

這到底是怎麼回事？

我不敢相信的瞠大眼睛，最後再也控制不住的放聲大叫，整個空間頓時充滿混亂又雜亂的尖叫聲。

「別叫了。」

直到忽然有道輕輕淺淺的聲音響起。

我愣愣地左顧右盼，卻找不到聲音來源，周圍竟是詭譎的畫面，接著雙腿彷彿被抽空了力氣瞬間我蹲下身子抱住自己。

「就是妳吧。」

那道女聲再次響起。

這次我猛力抬起頭直視前方，聲音……是從前面來的！

只見原先看見的那抹白色身影不知何時近距離的出現在與我五步之遠的地方。

幽幽幽……

「幽靈會說話……」

「什麼幽靈？」

「對對對不起不好意思如果我有打擾到祢的地方請多多包涵我真的沒有要侵占祢地盤的意思拜託祢請放我走吧——」我使出全力，非常誠懇但又害怕地對眼前的幽靈少女說道。

然後立刻站起身往大門拔腿狂奔最後用力拉開門！

砰——

下一秒，我撞上一道柔軟卻又堅硬的肉牆。

抬眸一看，我瞬間像找到一抹閃耀無比的希望般，那人宛若天使一般的存在。

「學長長長長長我我我我我看到幽靈了在在在在在裡面！」

「妳冷靜一點。」

「我沒辦法冷靜啊裡面真的有幽靈而且祂還跟我說話……」我激動得又叫又跳，「夠了我不想待在這裡了我要走了！」

「等一下。」

但卻沒想到學長驀地抓住我的胳臂。

「你你你你你你想做什麼！」我已經害怕得控制不住了，說話完全是用疊字的方式。

「世界上不可能有鬼。」

沒想到學長是不相信的那一派，「妳說裡面有幽靈？好，那現在就直接去看一看。」語畢，學長完全不顧我的意願直接就這樣往游泳館邁去！

我緊緊抓住學長的手臂，一刻也不得鬆開。但直到抵達游泳館大門前，學長相當勇敢推開大門的瞬間，我像被電到般立刻放手。

只見學長緩緩沒入黑暗之中。

我不知所措地站在門外無可事好，只能提心吊膽地朝裡頭探去。

「學長……學長？」我試著輕輕呼喚。

沒回應。

天哪不會吧……難不成學長出了什麼意……呸呸呸別亂瞎說。

不，可是我不敢再進去了。

接下來莫約過了一分鐘，四周仍然毫無動靜，裡頭還是寂靜得恐怖，學長依歸沒有出來。

怎麼辦。

我不安地纏繞手指，煩躁煩惱地只能原地乾等。

不管了，還是進去吧。

於是我再次深深地吸一口氣，又吐氣，邁開腳步踏進眼前荒涼恐怖的游泳館。

「學長……嘿，學長你在哪裡？那個……有聽到就回答一下好嗎？」我躡手躡腳地只敢一小步一小步地緩慢移動。

不會吧他該不會已經被幽靈抓去這個那個了吧……

嗚嗚，不可以，不要啊。

接著，就在我擔心得胡思亂想之際，感覺肩頭被人猛然用手指點了點。

我不由得嚇出一身冷汗。

不行，學長我來救你了！

暗暗嘆口氣，好，納命來吧，我不會跟祢客氣的。

我緊緊閉上眼睛然後雙手摀在雙眼上接著迅速轉過身。

「妳在幹麼？」

聞言，我悄悄睜開眼睛，透過手指縫隙的空間看見的是學長輕皺起眉，一臉莫名其妙。

然後，四周一片光明。

咦？

「根本沒有什麼幽靈。」學長說道。

「可可可是……」眼看周圍明亮，我稍微安心地默默將雙手從眼前放下。

「過來吧。」

只見他忽然偏過頭，視線朝不遠方的高聳的救生員椅看去。

然後下一秒，我的嘴巴隨著眼前所見之景不自覺地越張越大——

一頭烏黑及腰的長髮、一件純白的連身洋裝，一個宛如洋娃娃般的女孩緩緩走出。

她就是幽靈少女……嗎？

怎麼看都是一個真真實實的人類啊。

「自己解釋。」學長對那名幽靈少女說道。

「我又不是故意的，不過就是裝神弄鬼一下罷了就被嚇得跟個膽小鬼一樣。」幽靈少女不服氣地嘛起嘴，模樣看起來就像正值叛逆期的孩子般。接著她眼球一轉，忽地直直盯著我瞧，眼神似乎還帶著質疑以及怒火？

「妳就是那個學妹吧？」

「蛤？」

哪、哪個？

幽靈少女依舊維持同樣的表情，沒有多作解釋。

「算了我要走了。」語畢，她一個轉身就離開游泳館。

「……。」我傻在原地，搞不清楚狀況。

而此時也才發現學長不知何時竟也消失了。

天呀，這一切究竟是怎麼回事啊。

「……同學，不好意思，妳在這做什麼呢？我們關門了喔——」

我還呆愣在原地足足一分鐘，直到大門突然冒出一顆頭，望去，似乎是游泳社的學姊。

「沒事，我馬上就走，不好意思……」說完，我趕緊離開。

回程的路上我思考著剛才發生的種種。

先是再度碰見幽靈少女接著展開一連串詭異的畫面，後來學長出現，然後最終發現幽靈少女其實並不是幽靈而是真真實實的人類。

這……

不想了，我攤在軟綿綿的床上，睡覺吧睡覺吧。

放寒假前的最後一天上課日，因為課都上完了於是我便待在社團教室裡耍廢。

一會兒翻翻社團的相簿、一會兒搜搜放置於角落的木製寶箱看能找出什麼有趣的玩意兒沒有……好無聊啊。

郭容馨這傢伙在最後一節課結束後便笑得跟花開一樣開開心心地跑去和男朋友約會了。

男朋友呢，就是那天她在游泳館約好見面的那個人。

沒錯，就是知道幽靈少女真面目的那天。

「從實招來，何時開始的？嗯？說！」

午休時段，只見容馨笑得很奇怪，在我從旁敲擊而下後得知此事。

我抽出一枝筆將郭容馨嫌疑犯的下巴抬起，眼神是銳利是俐落，帶著不容抗拒的氣勢質問道。

「對方來者何人？年齡？何時開始？快說，不從實招來的話一千大板伺候！」

「聖誕節那天我幫家人去買蛋糕，後來在途中……總之就是因緣際會之下我們就認識了，沒想到聊得很來，久而久之就……他是二年級的學長，也是游泳社的副社長。報告完畢。」

於是，容馨宣布正式退出單身俱樂部。

她每天都像被幸福環繞，任憑我怎麼搶她食物她都不介意，嘻嘻笑笑地跟個笨蛋一樣。

「等妳自己談了戀愛後妳就知道了。」她依舊笑得如花開，「噢，不對，我們初樂現在就已經是笨蛋了呀～」

「找死嗎？」即將放入我嘴裡的麵條瞬間墜回熱湯裡。

有人說，戀愛中的女生是傻瓜。

不知道有沒有那一天，我會不會也變成那個傻瓜呢？

「唉唉，我說紀初樂，妳有必要無聊到開始玩玫瑰花的花瓣嗎？」

小花學姊捧著一個紙箱走進，接著將紙箱放在桌面上，「好重。」

我探頭一瞧，裡頭全是洋芋片、巧克力……等等罪惡的零食。

「好多喔，從哪裡來的？」

「路上撿到的。」

「蛤？」這會不會有被下毒啊……

「騙妳的啦，是社團老師送的。她說某個老師家裡開的超市打算要改建成更大規模的超市，於是就將剩餘的東西整理整理，最後到處分送囉。」

「哇……這夠吃上一陣子了。」

「寒假有決定要到哪玩嗎？」小花學姊一個輕巧跳躍坐上桌子，伸手拆了一包海苔口味的洋芋片。

「還不知道耶，爸媽他們似乎還沒決定好要去哪玩。」我回答，接著反問：「學姊呢？」

「嗯，我也差不多是這樣。」她又拆了一條金莎巧克力，接著將巧克力遞給我。

「好甜。」巧克力甜膩的口感在嘴中爆發，「不過好好吃。」

「巧克力是世界上最棒的食物。」

「對了，學姊。」

「什麼事？」

「最後……妳有在聖誕節那天成功將禮物交給那個人嗎？」我眨眨眼睛，笑咪咪問道。

「……？」小花學姊似乎一時不太明白，隨後她才像是想起來般點點頭，「嗯，送出去囉。不過我什麼也沒寫，就只給了蛋塔而已，想了想還是決定直接用口頭說比較符合我們的相處模式。」

「那妳說了什麼？」

「看看妳一臉八卦。」小花學姊皺起眉，抬起一根食指推了一下我的腦門，失笑道：「我說……」

「嗯嗯？」

「這些是做剩的，要吃不吃隨便你。」

「就……這樣？」我驚訝。

「對啊。」小花學姊理所當然的點點頭，「結果陳禹人真的全部吃光光了，我還以為他會故意又說出什麼讓人火大的話。」說到這，她露出一抹欣慰的笑臉。

我不禁滿腦子粉紅泡泡，忍不住道：「也太可愛了吧……等等？陳禹人？」

「嗯，對啊，怎麼了？」

「所以小花學姊妳喜歡的人是——」我不敢相信的睜大眼睛。

「對、對啦對啦我就是喜歡那個白癡……」小花學姊有些羞窘地用力咬斷新開過的草莓巧克力棒，

「奇怪，為什麼妳們知道後都是做出這種反應啊？」

難怪那時候阿禹學長看起來心情特別好，原來就是因為他吃到了小花學姊親手做的蛋塔！

「……不對，初樂妳該不會現在才發現吧？」

我有些慢半拍的點點頭。

小花學姊突然噗哧一笑，「妳真的是一個天然呆欸。」

「嘿嘿嘿……」

我只能傻笑幾聲。

別問我，唉唉，我是真的沒有發現啊。

「初樂，把這些放到玻璃櫃裡。」

店長姊姊將一盤新鮮可口的蛋糕放在吧台上並朝我示意了下，接著小米姊將清洗乾淨的咖啡杯層層疊好接著轉過身接待來臨的客人。

我小心翼翼捧著手中的蛋糕，一個一個逐次放進玻璃冷藏櫃中。店長姊姊的手藝真的很好，製作出來的甜點不僅外表看起來精緻美味，吃起來更是讓人欲罷不能，根據這幾天的觀察，來店的客人們除了

咖啡之外更一定會搭配上這些蛋糕、鬆餅……等等。

「紀初樂！幫我從後面的櫃子拿咖啡豆出來，銀色的那包，因為我現在走不開——」

而小米姊擅長的則是沖泡咖啡。

據說開啟小米姊對沖泡咖啡的興趣的原因是來自她學生時期喜歡上的男生。那陣子小米姊為了升學所以日以繼夜的念書，也因為這樣她時常在晚上的時候到學校附近某間知名連鎖咖啡店買上一杯黑咖啡，那個男生正好就在裡頭工作。久而久之，兩個人漸漸有了交流，那個男生常常會告訴她關於許多咖啡的故事，慢慢地，小米姊便愛上了咖啡，並且在完成自己的目標之後開始學習如何沖泡咖啡。

後來小米姊將自己親手泡出的第一杯咖啡送給那個男生，然後向他告白，那個男生品嘗著手裡的咖啡，直說好喝，接著下一秒擁抱了她。

看到這裡你大概會認為他們兩個人在一起了對吧？起初我也是這麼認為的，但結果卻恰好相反。

那時候小米姊一邊吃著洋芋片一邊訴說這段往事，她說，當下她開心極了，沒想到對方原來也是喜歡她的，興奮地幾乎快要哭出來！但下一秒眼淚卻狠狠地收進眼眶，原來到頭來是她誤會了。

他說：謝謝妳，謝謝妳喜歡我，可是我現在已經有喜歡的人了，但如果可以的話，我希望我們仍是朋友……

「媽的，有夠老套，拒絕就拒絕還擁抱個屁。」小米姊將手裡的洋芋片一把捏碎，化成碎渣渣的洋芋片遍體鱗傷地散在桌面上。

「每次提到這件事她就會特別生氣，久了就習慣了。」店長姊姊似乎是看我一臉驚訝，笑笑地解釋了起來。

「實在太丟臉了，竟然還一廂情願地以為他也喜歡我……」

「算了算了別丟臉了。等會兒下班後我們三個人一起去吃飯吧。」

「消耗太多力氣了，我要吃火鍋。」

「我知道附近有一間麻辣鍋特別好吃！」想起之前看到的美食新聞，我興奮地提出意見。

「ＯＫ，等等妳帶路喔！」

「我不敢吃辣……」店長姊姊默默舉起手。

「嘖，妳真該學著吃辣看看。」

即使最後結果不如自己所希望，小米姊說雖然起初接觸咖啡是因為他，但後來發現自己越來越享受在沖泡咖啡這個過程，也許該感謝他，感謝他開啟她從未發現的興趣，現在甚至還能當飯吃了呢。

「好啦，客人來了，初樂妳去接待。」

「好。」

寒假的時候，我開始在學校附近的一間咖啡店打工。

這間咖啡店是店長姊姊在大學畢業後自己包辦一切事項一手獨立經營而成的。起初聽到我嚇了一大跳，雖然還是只是剛踏入社會的新鮮人但卻已經擁有店長的身分，為了完成自己的夢想，她努力去實現了。

推開玻璃大門後，踏上大理石紋路的地板，放眼望去是依靠在落地窗旁的幾張木色的桌椅以及前方醒目的吧檯，裝潢典雅又溫馨，在一旁還擺放著許多種類的甜點，鼻息間可以聞到陣陣淡淡的咖啡香氣，雖然空間並不是非常大，但卻在泛著淺淺暈黃光芒的水晶燈下流淌著一股溫馨又自在的氛圍。

她們待人溫和親切，也時常鬧出許多笑話。雖然年紀輕輕，卻把自己一手打造的咖啡店經營得美輪美奐，燦爛無比。

像是自己姊姊般的店長與小米，我很開心能夠認識她們。

「謝謝光臨——」

在一組情侶檔客人手牽著手離開後，咖啡店裡除了鋼琴音樂外只剩下一片寧靜。

過了半小時，在這時間內除了中途來了幾位外帶的顧客之外就沒有內用的客人了。於是從十點開始就在喊餓的小米姊這時從吧檯走出然後坐上高腳椅，一發不語地在手機上滑了幾下接著她宣布似的說：「午餐吃拉麵，有沒有人要點餐！」

「廣場旁邊那間嗎？」店長姊姊從廚房探出頭。

「嗯～哼～。」

店長姊姊抱著一個玻璃碗緩步走至吧檯，然後說：「喔，那我要泡菜拉麵，泡菜要加量。」然後她一手扳住碗邊一手握著打蛋器快速轉動將蛋白打發。

「ＯＫ，初樂妳呢？」

「我、嗯……有沒有推薦的口味？」

「推薦的呀……麻辣！這口味是那間店的人氣王喔。」

「好，那我選麻辣的。」

「原來妳會吃辣喔？」店長姊姊問道。

「超愛。」我嘿嘿嘿地笑。

聞言，店長姊姊似乎對辣不敢恭維的直搖頭，「真厲害。」

「這次我就吃海鮮的好了，再加點一份糖心蛋……ＯＫ。」小米姊滿臉興奮地彈了個響指，接著跳下高腳椅，「那我出去囉。」

「啊、等一下。」只見小米姊準備穿上外套，我趕緊出聲，「反正現在沒什麼客人，讓我去買好了，妳們就先休息吧。」而且前幾天也是小米姊去買午餐，這一次就交給我負責吧！

「那好吧。」小米姊猶豫了下，「可是妳知道在哪裡嗎？」

「嗯，我知道。」我點頭，因為上次經過時看到店內大排長龍所以有印象，「那我出門囉。」

「站住，穿件外套再出去，外頭冷。」店長姊姊此時像個媽媽般地露出親切的笑臉，將被我遺忘的外套遞給我。

「差點忘了。」我傻笑幾聲，「走囉。」

冬日，過了正午。

走在街上，裹在外套裡的肚子開始默默地發出幾聲古怪的聲音。

餓了。

肚子餓。

好餓餓好餓。

希望拉麵店現在不要排太多人才好。

只可惜事與願違。

「現在內用的座位都已經客滿了，如果要內用的話請至櫃台登記喲——」圍著白色圍裙的服務生小姐站在店門口，手裡還拿著一疊菜單及餐點目錄，「要外帶的顧客，菜單寫好後麻煩請拿至櫃台結帳並領取號碼牌喲！」

我快速將菜單填寫完畢，接著到櫃台結帳。

「那大約需要等二十分鐘左右，所以麻煩請在旁邊稍等喔。」另一名服務生小姐說道。

看著手裡的號碼牌與櫃檯上方亮著紅光的數字燈號還差了好一大截，嗯，有得等了。

因為外帶的人潮相當多幾乎將整個店門口佔滿了，於是我便決定在門口旁的屏風邊等待，這個角度剛好可以瞧見開放式廚房裡廚師們忙碌煮麵的樣子。

目光再移至旁邊各種口味的拉麵示意圖。彈滑的黃色麵條泡進濃郁爽口的湯頭，一旁加入油亮亮的叉燒肉以及新鮮翠綠的青菜，最後搭上有著白嫩嫩蛋白與似破未破橙色蛋黃的糖心蛋。

不過最吸引我目光的是最中央寫著人氣No. 1的地獄麻辣拉麵。

和著辣氣與香氣的熱氣，宛如地獄火熱岩漿般的紅豔豔湯頭搭上泛著金光的油亮Q彈麵條，接著嚇地一口氣吃進嘴裡——嘶，光想像就讓人欲罷不能。

陣陣令人不由得發餓的香味不停竄入鼻內，百般無聊的我不自主地東看看西看看，最後朝店內看去，裡頭高朋滿座、座無缺席，相當熱鬧。

「乖，手給我，不是跟媽咪說好今天要學會怎麼自己拿筷子了嗎？」

「可是麵麵一直掉下去。」

咦，這聲音怎麼聽來有些熟悉。

「慢慢來，不要急。」

於是我透過屏風的縫隙往後一看——

「嗨，學長。」

認清背影的主人，我掩不住驚喜地揮揮手。

「妳幹麼躲在那兒？」學長起先似乎有些疑惑地稍微左右張望，接著才毫不猶豫地半側身轉過頭來。

「這時才覺得世界好小，沒想到買午餐也能巧遇耶。」

「大概就是所謂的冤家路窄吧。」。

冤家路窄？

聞言，我突然疑惑了起來，於是便問：「學長，我們什麼時候是冤家了？」

一直以來我們不是都相處得相當和平嗎？

「嗯？」學長反而露出問號，但嘴角輕輕勾起。

啊——對，熊熊想起來，偶像劇或小說裡男女主角的設定自古以來都有冤家這個模式，一路打鬧鬥嘴最後有情人終成眷屬，所以這也就是說，嗯哼哼……

吭啷！

在一片人聲鼎沸中忽然一聲清脆的撞擊聲響起。

「嗚，掉了。」

直到這時我才赫然發現，在學長對面的座位上有個綁著公主頭的小女孩，小小的眉毛全皺在一起，一雙大眼哀怨地看向躺在白瓷地面上的小湯匙。

「沒關係。」學長語氣溫柔地說道，接著抽了張衛生紙，「撿起來，擦一擦就好。」

小女孩聽話地擦拭自己的湯匙，「好了。」接著又露出相當天真可愛的笑顏。

「哥哥，這個姊姊是誰？」忽地，小女孩突然睜著水汪汪的眼眸望向我，純真的眼神還透出一種奇怪的意味。

根據女人的第六感直覺，這似乎有點兒像是……

「該不會是哥哥的女朋友吧？」

噗——我驚訝地差點沒把屏風推倒。

「不是，這個姊姊是我的朋友，不是女朋友。」學長的表情沒有任何驚嚇，簡直與我成對比，依舊如往常般冷靜，然後還喝了口湯。

「沒錯沒錯就是這樣。」我也笑笑附和，只不過……有點尷尬，不知怎麼搞的，總覺得她看我的眼神有些奇妙呀。

「學妹，跟妳介紹一下。」學長說，「她是我親戚的小孩，大家都叫她妹妹。」

「嗨、嗨——妳好——」妹妹的眼神依舊奇怪，於是我充滿活力地朝妹妹笑笑，想要像幼幼台裡的大姊姊一樣親切。

「哼。」小小的臉蛋忽然有些任性，接著她低下頭開始吃著麵。

咦咦？

「不可以這樣沒禮貌。」學長的語氣輕柔帶點嚴厲，只不過眼前的小女孩依然看津津有味的吸著麵條。

留下一臉錯愕的我，學長用手指抓抓臉頰看起來有些傷腦筋，然後聳了聳肩，「抱歉，她不是故意的。可能……叛逆期提早到了。」

那也提得太早了吧！她才幾歲啊！

忍住吐槽，我趕緊搖搖頭，笑道：「沒關係，呵呵，我也曾有叛逆期。」就在此時，叫號的聲音又響起，數字和手裡的叫號單數字相同，於是我又說：「我的好了，先走囉，掰掰。」

手提著熱呼呼的拉麵，我埋頭思考著。

不管我怎麼想始終想不到個理由。

為什麼感覺妹妹好像不太喜歡我？明明才第一次見面呀。

太奇怪了。

唉，說不定我這人天生就得不到小孩的喜歡吧。

嗚嗚……

下班後，我走往市區，打算在外頭就把晚餐解決。

氣溫比起白天稍微涼些，把雙手放入口袋後依舊還覺得冷颼颼的。

也許因為是平日的關係所以街道上的人潮比起假日來得少些，但依舊處於熱鬧的程度。

我一邊呼著白霧一邊走馬看花地腦袋裡思考著要吃什麼。這時，不遠處一個上頭寫著日文字充滿著日式風味的招牌吸引了我的目光，那是一間日式料理店。

突然好想吃豬排飯。

這麼決定的同時，只見視線裡突兀地出現了對有些熟悉的背影。一個高瘦的披著黑色大衣的男人牽著一個身穿粉紅色小洋裝的女孩。

第一次是巧合，那第二次是什麼？

世界果然很小。

心裡掀起小小名為興奮的海浪，但很快地又恢復平靜。

我該過去打招呼嗎？

這麼思索的同時，學長恰巧轉過了頭來，接著就這樣與我恰好對上了眼。

「又出來跑腿？」待我走近，學長一邊將原本靠近脖子的拉鍊稍微往下拉了點一邊用著調侃的語氣道。

「才不是咧，哪有人會一直跑腿。」我忍不住無言地垮下臉。

他忽地微彎起眼角，說了句我根本不明白他想表達什麼的話：「幫自己跑腿呀。」

「哈哈，對，我幫自己跑腿。」

怎麼感覺更冷了？

「哥哥我要吃那個！」此時一旁的妹妹突然興奮地指向旁邊的蛋糕櫃，琳瑯滿目的蛋糕看得連我也想吃。

「嗯，那妳自己去挑。」學長蹲下身摸摸妹妹的頭，小女孩得到許可後就飛也似地衝去蛋糕櫃前蹦跳跳了。

看見這幕我不禁笑出聲，真是可愛。

「對了，那個、」我開口，「妹妹……是不是不太喜歡我呀？」語畢，我小心翼翼地低下頭望向學長。

「想多了，沒這回事。」學長站起身。

「可是……」

他的臉上透出笑意，「這小鬼我從小看到大，老是喜歡跟在我屁股後面黏著我，在想什麼幾乎都摸得出來，所以我猜……她大概是吃醋吧。」

我愣愣地睜大眼睛，有股答案終於揭曉的暢快感，忍不住彈指：「對，就這種感覺！」

「妹妹老是說我是她的、誰都不可以搶走。之前有幾次與白天的狀況差不多，她也是對對方做出這種反應。雖然提醒過了但依舊，這大概就是只存在於孩子階段的任性吧。」學長說著，微彎的唇角上揚了些。

「看來妹妹真的很喜歡你。」我看向不遠處小小的身影，「不說了，我要去買晚餐。」語畢，我向前走去。

我蹲下身子，眼前眾多的蛋糕讓人看得口水直流。

「妳想選哪個？」我一手撐著下巴，偏過頭朝此時與我身高平行的妹妹問道。

「……。」她似乎有些驚訝。

「全世界的甜點裡我最喜歡的就是蛋糕了，妳呢？」

「……我、我喜歡有草莓的蛋糕。」她指向眼前的草莓蛋糕。

「嗯，那我們就選這個吧。」

她眨眨大眼睛盯著我看，五秒鐘過後，被瞧得有些尷尬於是我開口問道：「怎麼了？我臉上有東西嗎？」

只見她朝我露出一張可愛的笑臉，彷彿像是對自己的好朋友一般。

買完蛋糕後，我們坐在附近的露天咖啡座。

「哥哥我要去玩旋轉木馬！」妹妹吃完蛋糕後就急著想要到旁邊的小型遊樂場玩耍。

「等等，過來。」學長將她嘴邊的奶油擦拭掉，「好，去玩吧。」

「真像個小孩，好羨慕喔。」

「她本來就是小孩。」學長看我的表情彷彿像在看一個笨蛋。

「哼。」我將草莓當作學長的頭，狠狠地大口咬下。

「學妹，妳已經不是小孩了。」

「學長，你明明更像小孩。」

聞言，學長聲音有些含糊地應聲：「嗯？」

可能連自己也不發覺的露出彷彿狗狗般的無辜眼神，他懷裡抱著一包十分鐘前神不知鬼不覺地在路旁店家買的甜甜圈，嘴裡還叼著一個外層裹著草莓果醬的甜甜圈。

看，是不是就像得到一大堆糖果餅乾的正滿足地吃得津津有味的孩子。

Chapter 4

神不知鬼不覺地，時序已經進入花草綻放的春天。

寒假結束，校園又重回處處充滿活力的日子。放眼望去，操場上的人們好像都盡情著享受一生只有一次的青春。

多麼美好，多麼正向。

然而，此刻我卻不這麼認為。

講台上的老師用手指敲敲黑板，台下的學生們接二連三像是被潑了桶冷水般睡眼惺忪的清醒過來。

「現在才第三節課，怎麼大家看起來都一臉睡不飽的樣子，清醒一點好嗎？再過不久就是期中考了，希望各位同學能夠好好加油。如果想要逃避，雖然是有用的，但我保證接下來的日子你想逃也逃不了。」

語畢，老師繼續授課。但不知不覺，隨著耳裡不停傳來的文謅謅詩句，我好像已經看見周公在面前，連棋盤都拿出來了，為什麼古代的人總是如此閒情逸致呢。

「初樂，下午的空堂要不要去圖書館看書？」

午休時間，我和容馨一如往常在教室吃午餐。但她卻說出了極度不一如往常的話。

「……咳、咳。」我差點沒把麵條噴出來。

「廢話，都要考試了不看嗎？」

「不是，妳怎麼會突然主動說要看書，你平常不是根本不用翻書的嗎？」

容馨白我一眼：「別說那麼誇張好嗎。」

「好啦好啦，是我誇大了，至少妳是過目不忘的類型吧。不過我還是覺得……怪怪的哦。」

「不過就是心血來潮一下，偶爾換我主動不行喔。」她將三明治的包裝紙揉成一團。

「可以可以，當然可以。」我趕緊討好般的點點頭，「嘿嘿，正好，我有幾個問題想要找你請教請教……」

「初樂，那個……這次的考試事關重大，恐怕這得先緩緩……」容馨的話語裡似乎有什麼隱情。

「哦，沒關係啦。」我笑嘻嘻地擺擺手，喝完最後一口柳橙汁後，又說：「好，那現在給妳十秒鐘，乖乖把事情一五一十說出來。」

「……。」她猶豫的時間正好也是十秒鐘，「好啦。」

簡單來說，容馨和某個人打賭，這次期中考的平均成績比較高的人就是贏家，而贏家可以無條件要求輸家做一件事情，且不得反抗。

「放心，以妳的實力矇著眼也能贏，哈哈。」我拍拍容馨的肩膀，這不是玩笑話，我可是認真的。

「但我覺得還是不能掉以輕心，不是我要說，她的鬼點子真的很多，萬一她贏了，她一定會趁這個機會整死我。」

「嗯，那問題我再去請教別人好了。加油啊，哈哈。」

她突然眼睛一亮，一臉不懷好意地笑笑，「妳可以去找妳家學長啊。」

我一愣：「不好吧，而且說不定學長自己也正在拚命埋頭念書。」

「會嗎？可是學長不是腦袋很好嗎？」

「就算腦袋很好也是要考前複習呀。」不，不對。搞不好有些人就是可以上課聽過一遍後就牢牢記在腦子裡。

「好吧。那不然妳去找小花學姊或阿禹學長如何？」

我用衛生紙擦拭嘴邊的醬汁，「嗯……小花學姊和阿禹學長啊——」

我不禁回想起昨天在社團教室時……

「陳禹人，你是腦子打結了是不？就跟你說只要把這個公式放進這個題目裡，你還加這些有的沒的數字幹麼呀，都已經寫第六遍了，認真一點好不好！」小花學姊宛如女王般優雅地翹起腿坐在課桌上，但臉部表情卻恐怖得像個怒髮衝冠的巫婆。

很抱歉我這樣形容，我也不願意，但真的只能這麼形容了！

而使作俑者是誰呢？沒錯，就是我們那活潑又白目的阿禹學長。

據其他學姊的消息指出，小花學姊為了讓阿禹學長能夠至少及格，已經連續兩個禮拜一對一指導阿禹學長各科考試題目了，而不曉得該說阿禹學長的聰明被其他地方吸收走了，無論小花學姊再怎麼把講解簡化，他依然霧煞煞，或是說因為太過樂觀的個性讓他對考試並不是那麼在意，導致心思時不時都就遠走高飛。

幸虧小花學姊天資聰穎，耐心……也相當足夠，截至目前為止已經差不多將阿禹學長制服得服服貼貼了。

「噓，不要吼那麼大聲，小心喉嚨會受傷。」阿禹學長猛地起身跑出教室外，回來時手中捧著一杯冒著熱氣的開水，恭恭敬敬地雙手奉給女王陛下。

小花學姊也不知是渴了還昏了，想也沒想地一口飲下，接著下一秒她暴跳如雷地說：「燙！你想燙死我啊！」

「哎，抱歉，我來不及跟妳說燙……」

「算了，快坐下，繼續做題目。」

「是，女王陛下。」

原本在下午第一二節有課，但因為授課老師臨時有事於是便調課至下禮拜的七八節，所以今天的下半天全部都是空堂，我和容馨也帶著課本到安靜的圖書館裡複習功課。

她的桌上堆滿了課本與講義，幾乎要把她淹沒，比起我只帶了少少四五本以及講義，根本天差地遠。看來容馨這次是認真的。

攤開課本，我也開始進行與文字圖像和瞌睡蟲的戰鬥。

在安靜的環境下看書果然很有幫助，專注力大大提升。但不知怎地，隨著課本一本本闔起，隨著不斷傳來的細微筆摩擦紙張的聲響，或許是太過安靜，我突然感覺全身有些不對勁，連呼吸都只敢輕輕、緩緩的。

再也受不了，好想出去透透氣。

「我出去買個飲料。」我悄聲向容馨說道。

「……。」不知是太過專心還是恍神了，她完全沒有回應。

「那我走囉，妳……加油。」

「我要喝柳橙汁。」臨走前，容馨忽然悄聲朝我說道，「幫我放在門口置物櫃裡的背包裡就好。」

「好。」

走出圖書館，用力的深呼吸一口氣，清新的空氣瞬間灌入體內。

啊，真好，還是外面舒服。

下午兩點多，操場沒什麼人，紅白步道上也沒什麼人。

五分鐘後，抵達學生餐廳，然而站在飲料店前，我才赫然發現我的錢包放在教室。於是我又走出去，爬上樓梯繞回教室。

「哦，這裡竟然也沒人。」

眼前是一條筆直的空中走廊，這裡被學校的學生們戲稱為「放閃大道」，天橋正中央有一長排種滿花花草草的花園，兩旁也放了不少張白色長椅。

為什麼會被稱為「放閃大道」呢？原因很簡單，因為有許多情侶會在這座天橋上放、閃。

無論是何時，只要到這裡幾乎都能看見一男一女、一男一男、一女一女……呃，總之就是眾多情人們在這裡，肩並著肩倚靠著欄杆或是肩靠著肩坐在長椅上，又或著是手牽著手漫步在花園旁……因為從這座放閃大道往外看去，是一片優美的校園風景，到了晚上隱藏在深處的燈飾會被開啟，閃閃發光的，空中走廊就真的變成名副其實的放閃大道了。

不過也因為這樣，有些人為了不要讓自己的心靈屢屢遭受到情侶們的攻擊，因此反而很誇張地就算花費更多時間也要繞遠路，堅決不走上這條路。

像現在一個人也沒有，突然覺得有些新奇。

我腳步緩慢地前進一邊看著一覽無疑的校園景致，找個機會晚上也來這裡看看吧。

走到正中央，我停下腳步，稍稍蹲下身面向右邊的花園，幾朵美麗的玫瑰花映著紅得耀眼的色澤，隨著春日微風輕輕晃動身軀。

此時，突然一陣強風吹來，頭髮被吹得一團混亂。

肯定打結了，我這麼心想。

然後我微微轉個身，順著風向讓風充當大自然的梳子將髮絲隨風飄逸。

然而，這時，透過朵朵花草，我忽然發現花園的對面有個人橫躺在那兒。

悄聲走近，躺在長椅上的那人雙手輕輕環靠在胸口，臉上蓋著一本原文書，只露出一雙閉起的眼睛。

學長竟然睡著了。

我伸出手在他的臉上揮了幾下，幾秒鐘後依然毫無反應，看來他真的睡著了。

雖然說現在氣溫並沒有很冷，但一直被風吹著總還是會有著涼的可能。

要叫醒他嗎？

我蹲下身，視線平行的看著熟睡中的學長。

像這樣如此近距離觀望，才發現學長的眼睫毛其實還挺長的，皮膚也白嫩嫩的，像軟嫩的豆腐一樣，讓人好想咬一口。

「哦！書……」

這時，只見原文書稍稍往下移動了一點，在即將從學長的臉上滑落之際，我儘量不發出任何聲響的趕緊將原文書輕輕拿起來。

「……都是英文，看不懂，universe……還有、呃……這個單字、唉不會唸。」

我翻了幾頁，眼睛相當認真地盯著上頭的文字但無論盯了多久卻始終是它不認識我我也不認識它的情況，就好像兩個素未謀面的陌生人，好吧，我的英文程度真的該加強了，於是最後我將書闔起放置在一旁。

「怎麼不看了？」

然而，不知何時睜開眼睛的學長突地說道。

「嚇！」

我頓時立馬站起身，像是偷竊不成反而被逮個正著的小偷一般。

「……你醒啦。」

「因為耳邊一直有人在碎碎念。」他將手交疊枕在腦後。

「抱歉，把學長吵醒了。」

奇怪，我明明說得很小聲啊。

「妳不用上課嗎？」學長又閉起眼睛。

「原本要，不過因為調課到下禮拜了所以現在是自由時間。」我說，「那學長呢？也是自習嗎？」

「不是，這節有課，但是我翹課了。」

「蛤？」聞言，我驚訝得發出怪聲。

「幹麼那麼驚訝？」學長這時一臉不解看著我。

「哦……因為學長平常看起來一直都很認真忙碌，但卻感覺能夠輕鬆地穩穩站在自己的節奏上，總覺得你很樂在其中自己所選擇的科系，呵、可是現在……沒想到學長也有叛逆的一面。」

「在人生只有一次的青春裡，不翹課幾次的話哪對得起身為學生的自己。」很難得學長會說出如此任性又有點可愛的話。

「說得也是。」我忍不住笑笑。

他應該是屬於那種頭腦很好但玩又能玩得瘋狂的類型的人吧？這個想法突然間在腦海中油然而生。

「妳餓嗎？」學長坐起身，突然這麼問道。

因為不久前才吃了一塊蛋糕，於是我回答：「不餓。」

學長又站起身來，俐落的將背包背上一邊肩膀，一手抱著書，「可是我餓了。」

五秒鐘過去，斷句依舊斷在這尷尬的地方，我有些疑惑的歪歪頭，「所以……？」

他往前走了一步，說：「陪我去個地方吧。」

我頓時眼睛一亮。

「現在嗎？」

「妳有事嗎？」

「不！沒事，完全沒事！我現在閒得很！」

就算有事也會不惜犧牲通通排除掉！

在毫無頭緒的情況下我默默跟在學長的身後一同離開放閃大道。三分鐘後，他在停車場門口停下腳步。

「雖然走路去也可以但現在這個時間還是騎車去比較快。」在寂靜的停車場裡，學長熟門熟路地穿梭在機車陣中。

「蛤？」我問：「我們要去哪裡啊？」

學長微笑而不答。

他停在一輛機車前，從口袋抽出鑰匙再插入鑰匙孔裡。

「不介意的話，直接搭我的車吧？」學長戴上一頂安全帽，接著又從置物箱裡拿出另一頂同樣顏色及款式的安全帽。

我眼睛又忽地一亮，下意識提了一個蠢問題：「給學長載嗎？」

「不然這裡還有第三個人在嗎？」

他將安全帽遞給我，一躍而上俐落地坐上機車椅墊，雙手搭上手把。

「當然——好！」我頓時心情不禁感到有些興奮，趕緊戴上並且一腳跨上。

駛離學校後，或許是因為這個時間點大家都在上班上課的緣故，馬路上的車輛明顯稀少。稍帶涼意的風在有些快速的奔馳裡不停劃過我的臉頰，學長的車速並不是非常快但至少比平常我騎車的速度來得快上一些。

在遠處時是綠色燈號，不遠處的位置時又轉變為黃色燈號，快要接近的時後燈號變成了紅色，機車緩緩停下。

此刻，城市的音量鍵似乎偷偷調轉為小了，四周安靜得靜謐，唯一在其中吵鬧的只有機車引擎的聲響。我左看右看，透過後照鏡可以看見那張再熟悉不過的我的臉，以及坐在前方學長一小部分的側臉。

明明眼前再稀鬆不過的景色每天都能瞧見，可是在此時我卻突然覺得這幅街道的景色好像添加了另一種美好。

是因為不是一個人的關係嗎？或著該說，是因為有學長在身邊的關係？

「紅燈好久，還有五十秒。」

「趁著現在四下無人不如就直接前進吧！」

「就是有妳這種不良市民，社會才會亂成一團。」

「嘖，什麼不良市民，我可是守法得很，交通局應該要頒給我一枚優質市民獎章才對。」

「如果交通局真的這麼做了，那離天下大亂的日子應該不遠了。」

「喂！」

馬路上在一聲叫聲消失後又恢復一片寧靜，學長沒有反擊也沒有接下去，但我從後照鏡裡不小心看見那張側臉中的一邊嘴角好像淺淺淡淡的微彎起來。

「綠燈了。」

聞言，還來不及抽回視線與心神，車子猛地就向前行駛，突如其來的衝擊讓我一時措手不及並同時感受到了那瞬間幾乎要掉下去的恐懼，於是我立刻趕緊伸出手隨便一抓維持住身體的平衡。

「如果掉下去的話我不會負責任把妳送到醫院的。抓好，不要發呆。」學長的聲音帶著一些悶感傳來。

「我才不會掉下去。」鬆了一口氣後，我說。

現在進也不是退也不是，進退兩難，我盯著抓在學長腰際兩側的手，他的外套被我弄得出現了皺褶。不過……現在這個情況，也許我該好好把握，不是很多書裡或偶像劇都這樣演的嗎？趁著一個突然的煞車順著作用力整個人撲抱向前方的心儀對象。

「呃啊！」

女主角有些羞澀地將臉頰遠離男主角的後頸，「對不起……」而此時交疊在某人腹部上的手猶豫著該不該收回。

「沒事，好好抓緊我。」

男主角微微撇向後頭，霸氣地伸出一隻手覆蓋著圈住自己的小手。

於是，男主角與女主角之間的進展向前走了一步，真是可喜可賀。

然而以上都是幻想。現實是接下來的路途十分平順安穩，要不是交通太和平就是學長的駕車技術相當穩定。

不然……我可以偷偷的把手越伸越前面然後環抱住……停！我怎麼能有這種想法，這樣反而刻意，感覺我好像是在吃學長豆腐的變態。

五分鐘後，機車穩穩的停在一間裝潢精緻的咖啡店門口附近的停車格。

「妳餓嗎？」學長將安全帽脫下，掛在後照鏡上。

「嗯，現在有點餓了。」鼻息間繚繞著一股淺淺淡淡的甜味，我說。

「那走吧。」學長走向咖啡店的方向，我跟上，透過落地窗可以看見裡頭幾乎都是成雙成對的情侶。

雖然只是我自己太一廂情願了，不過現在這種情況是不是有一點點像是約會的情況呢？

一步、看見咖啡店門口旁佇立著的菜單了，兩步、聞到了濃濃的咖啡香氣，玻璃冷藏櫃裡的蛋糕好像正在向我揮手，三步……與門把擦肩而過，學長沒有停下腳步而是繼續往前走，只見眼前是一長串的排隊人龍。

「學長，咖啡店在隔壁喔。」直到他在人龍尾端停下腳步時，我有些疑惑的出聲。

「妳想喝咖啡？」

「不是啦，你不是說肚子餓嗎，那怎麼還在這裡排隊？」我探頭朝前方望去，少說也有三十幾個人，咦，等等，這不是……

「又是甜甜圈！」

當我看見那以粉紅與米色為主顏色的裝潢以及玻璃櫃裡琳瑯滿目又五彩繽紛的圓形食物，我才明白對一個甜甜圈狂熱者來說，餓的時候甜甜圈肯定是第一人選。

「還真的是一廂情願，我還以為……」

「以為要去咖啡店約會嗎？」

「……才不是！」頓時莫名有點尷尬，我明明滴咕的很小聲啊。

「如果學妹妳真的那麼想要的話，我倒是可以考慮考慮。」學長說。

「我才沒有想、要，好嗎！」

只見學長依舊保持著那張彷彿輕鬆把人玩弄於手掌間的笑臉，就像是完全摸透你此時此刻在想什麼的那種表情。

「好吧，是有那麼一點啦，一點點。」於是我很沒骨氣的這麼說了。

在學長面前，我不僅僅太會在腦袋中亂幻想，甚至還很沒有原則。

唉。

慘，真糟糕。

過了二十多分鐘，學長原本空空如也的手裡多了一包透著淡淡甜香的紙袋。

不就是個甜甜圈，到底為什麼還有那麼多人在排隊，我一邊走一邊看著旁邊仍在蔓延的長長人龍，看來甜甜圈的魅力不容小覷。

學長拿起其中一個甜甜圈然後剩餘的放進車廂內，再轉過身，他的模樣像是輕輕鬆鬆就抓到鮭魚的熊一樣叼著獵物。

透過落地窗的反射，我看見自己的倒影。

對了，差點忘了一件事。

「學長，要不要跟我約會？」我故意用手肘推推他的側腰，「裡面的咖啡好～香～喔。」活像個要搭訕少女的流氓一樣。

他咬下一口甜甜圈，靜默了五秒鐘，如往常冷靜的眼神此時忽地閃過一瞬的僵硬，「好熱，我要進去吹冷氣。」迅速看了我一眼後就逕自推開了玻璃門。

我忍不住暗自竊喜，學長啊學長你太不誠實了，想的話就該老老實實的說想呀，還特地找了其他理由。

在那燈光美、氣氛佳的環境中，也許今天會是美好的一天。

然而正當我興奮地一邊等候帶位一邊看著吧檯旁的菜單時，其中一名長相可愛的店員匆忙的走了過來。

「不好意思，請問是兩位客人嗎……是的，那個、因為目前店裡的座位都已經客滿了，所以可能必需要等候一段時間，那要麻煩客人請在旁邊的等候區填上大名與聯絡方式。不過如果需要的話我們建議可以考慮外帶喔……」

眼前是店員小姐客氣又面露抱歉的神情，在那身後是高朋滿座的場景，一旁的等候區不知何時冒出了幾組看似是情侶的組合。

「怎麼辦？要等嗎？」學長轉頭問道。

十分鐘後，我們坐在機車旁的露天咖啡座，桌上各放置著兩杯杯壁冒著細小水珠的紅茶拿鐵，但我的面前還多了一個被我打開的白色紙盒，裡頭是精緻得讓人捨不得破壞美麗的草莓蛋糕。

但我卻還是用叉子切下一塊，令人感到舒服愉悅的香甜與微酸在嘴中融化。

五分鐘前，我還愣在好幾排琳瑯滿目的精緻甜點前，正陷入煩惱的狀況中，雖然已經考慮了好一會兒，所以心裡多少有個決定了，但在這每個都看起來好好吃的蛋糕面前我就是一個很容易猶豫不決的人。

學長突地靠了過來並微微彎腰，側過頭一瞧他恰好與我的高度相同，望著他的側臉，他的目光放置在我正前方讓人看著就忍不住垂涎欲滴的鮮紅草莓上，然後他說：「今天就該選這個。」

「蛤？」

「不好意思，我要一個草莓蛋糕。」學長向店員小姐說道。

「好的，馬上為您裝起來。」

我還來不及拿出錢包，學長就早一步的結帳完畢，「我去那裡等。」語落，他便提著兩杯方才先點的紅茶拿鐵走至一旁。

店員小姐將蛋糕遞給我，但同時間忽然朝我眨眨眼。

我疑惑的愣了一下，只見她的眼裡透著俏皮，接著說道：「小姐，跟妳分享一件事。到本店光顧的情侶幾乎都會點上一份草莓蛋糕呦。」話至此，她就轉身繼續忙碌了。

取完餐後，我走至學長旁邊，望著微微倚靠在吧檯邊模樣宛如午後的慵懶陽光的他，「……你怎麼知道我想吃草莓蛋糕？」

「學妹，妳知道妳有一個特別的地方嗎？」他不答反而問道，「妳的腦袋裡在想些什麼，妳的表情很容易就幫妳坦露出全部給其他人知道。」

「我有嗎？」

他再次不答，依然露出一如平常的表情，嘴角輕輕的彎起。

期末考總算結束，緊接著讓人期待已久的暑假總算來臨！

「欸欸，等等去吃飯然後唱歌，怎麼樣？」

「好啊好啊！」

「要不要晚上順便去看夜景？」

「可以啊，大家都ＯＫ吧？」

「那等等要吃什麼？」

「聽說有一家義式餐廳很好吃，最近才剛開幕的，每次經過門口都排一堆人。」

「真假，聽起來不錯欸。」

「我想吃火鍋耶，市區的廣場旁邊有一間在網路評價五顆星的火鍋店喔！」

「如果我現在說想吃日式料理妳們會不會打我？」

「這樣好了，每個人都說說看想吃的，最後再投票決定吧。」

「咦，初樂妳怎麼都不說話？」

「初樂，那妳想吃什麼？」容馨一說，大家的目光全聚集在我身上。

我揉揉鼻子，「都可以……哈啾！」打了個噴嚏後才繼續說：「妳們決定就好。」

後來，經過大家表決結果後今天的晚餐就是火鍋了。

因為是尖峰時段，火鍋店幾乎客滿，我們十個人被安排在二樓的包廂區裡。

各種五顏六色又療癒的火鍋料、蛤蠣、杏鮑菇、高麗菜、大白菜、金針菇、豬肉、牛肉……眼前琳瑯滿目的新鮮食材把整張桌子佔得滿滿的，滾著白煙的湯頭不停散發香氣，讓人看了不禁口水直流。

如果是平常的我肯定按捺不住性子立刻涮起一片牛肉，但此時的我卻一點胃口也沒有。

「妳怎麼了？不舒服嗎？」容馨放下湯匙。

我搖搖頭，咬下一片泡菜，「還好，只是覺得身體有點懶懶的。」

她舀了一些湯裝進我的碗裡，「喝點熱湯，如果真的不舒服要立刻告訴我。」

「嗯，好。」我笑笑，「妳的小熱狗要煮到爛掉了。」

走出火鍋店後已經是晚上六點二十五分。雖然天空開始飄起毛毛細雨，但街道上依舊人聲鼎沸、車水馬龍，十分熱鬧。

十五分鐘後，場景咻地轉換到宛如演唱會的包廂內。在動感的節奏下，大家彷彿開關打開似地一起唱著近期爆紅的熱門嗨歌。

幾首快歌輪番上場，接著又換成了抒情浪漫的情歌。

隨著溫柔如棉花般的曲調，不知為何，我漸漸開始感到昏昏欲睡、昏昏欲睡……

「初樂、初樂！」容馨忽然拍拍我的手背，「不會吧，妳聽她唱歌竟然也還能睡著？」

「喂，郭容馨妳什麼意思！」方才獨唱的女生暴跳如雷，「倒是初樂，妳還好嗎？吃飯的時候看妳也沒吃多少，臉色也不是很好耶。」她倒了一杯熱水遞給我。

「喉嚨有點痛，也有點鼻塞，好像感冒了。」我揉揉乾澀的眼睛。

「在火鍋店的時候就覺得不對勁了，既然有前兆了就應該早點休息啊。」容馨摸摸我的臉頰。

「現在診所應該還有開，我可能得先離開了。」雖然很可惜，可是總覺得再這樣下去我可能會癱倒在KTV門口。

「既然初樂身體不舒服，不如……今天就先解散吧。」

「嗯，也差不多了，而且外面下大雨，夜景也沒得看了。」

「沒關係啦，妳們繼續唱。」我趕緊阻止。

「可是萬一妳倒在路邊怎麼辦？」

「妳們想太多了，捷運站就在附近而已，不用擔心啦。」

「這樣好了，我陪她一起去。」容馨準備穿起外套。

「吼，真的不用啦，我沒問題的。」我揹起包包，以不容反駁的語氣說道，「拜拜！」然後迅速打開門離開包廂。

「記得隨時告訴我情形喔——」關上門的剎那，容馨的聲音在身後旋轉。

我隻身站在ＫＴＶ的門口，呆滯地看著眼前嘩啦嘩啦的大雨。

走在這種滂沱大雨裡，就算撐了傘也會淋得全身濕透吧。

啪搭啪搭——

夾雜著風的雨打在地面上，形成一塊塊水漥。

我猶豫著是否該再等一會兒，等雨小了一些後再出發，還是就這樣硬著頭皮衝進去。

可是怎麼開始有點想睡了……

這時，口袋響起手機訊息聲。點開一看，是學長。

「好蠢。」

「什麼好蠢？學長你在說什麼啊，哈哈。」

「學妹，站太外面的話會被雨淋到喔。」

見狀，我往後退了一步。雨越來越大了，絲毫沒有減緩的趨勢。

「哈啾、哈啾、哈啾、哈啾、哈啾。」我揉揉有些發癢的鼻子，看來真的被病毒入侵了。

「竟然連續打五個噴嚏。」

「打得好累喔，鼻子都快爛掉了，哭哭。」

「感冒了？」

「對啊。」

「看來笨蛋不會感冒這句話是騙人的。」

「……你這樣欺負一個病人對嗎！」

「不，我欺負的是某個正一個人對著手機生氣的笨蛋學妹。」

「算了，不關心我還欺負我，我要走了……等等，學長你怎麼知道？」

「嗯？」

「你現在在哪裡？」

「猜猜看，答對了沒有獎品。」

我左右張望，最後整個人轉過身定睛一瞧，發現學長正一派慵懶地雙緻交疊坐在大廳裡沙發上。

「學長，你是不是都偷偷跟蹤我？不然為什麼走到哪裡都遇得到你？」待學長走近後，我說。

「糟糕，被發現了。」他裝模作樣地唉呀一聲。

「你也來唱歌嗎？」說完，我才發現這句話有多麼廢話，來這裡不唱歌難不成是來睡覺的？

「嗯。可是我落跑了。」學長回答，神情輕鬆，像是搶劫了銀行也毫不畏懼的混入人群離開般，

「算算時間他們差不多發現了。」

「他們一定會很生氣。因為學長一聲不響地就落跑了。」

「妳的臉好紅。」學長突兀地說，接著下一秒將手掌貼上我的額頭。

「學長的手好冰。」面對這突然的情況我竟沒有像平常那樣驚訝與害羞，異常的冷靜。

「是因為妳在發燒。」他說，然後手放下。

「雨變小了，走吧。」

「走去哪？」

我覆蓋自己的額頭，上頭似乎還殘留一點冰冷的餘溫，但就像冰塊放到火堆旁般瞬間就融化了。

「還能去哪，帶妳看醫生。」

於是後來，我在學長意料之外的陪同下到診所拿了藥。醫生說只是一般的感冒，只要按時吃藥、乖乖休息然後多喝水用不著幾天就可以恢復成原本生龍活虎的樣子了。

走在街道上，這時的雨已經變成一陣一陣的小雨了。

我撐著黃色的傘，旁邊的學長撐著透明色的傘。

「拿藥了，現在正在回家的路上。」

傳送。再加上一張目前視角的照片當做示意圖。

「OK，到家再跟我說一聲。」

容馨很快地就已讀並且回覆。然後她傳了一段十來秒的影片。內容是其中一個女生正唱著一首抒情歌，並且分別帶過了其他人跟著旋律搖擺的身影。

「唱完這首就要結束了，好累。她們說暑假再一起出來唱，而且要罰妳Solo五首歌！」

「Solo？哪有這樣的！」

「哈哈！」

「不要邊走邊玩手機。」學長突地一說。

「喔，好啦。」

我有種被老師抓包般的感覺，趕緊將手機丟進口袋裡。

「學長，暑假的時候你有什麼計畫嗎？」

「打工，另外……打算出國走走。」

聞言，我頓時眼睛一亮，「哪裡哪裡？日本？韓國？紐約？英國？法國？」

學長抿唇一笑，「東京。」

「好好喔——」我滿腦子開始浮現出東京鐵塔啊晴空塔啊各種有關東京的事物。

「雖然還沒確定哪一天，不過一個人應該比較好決定。」

「學長你要一個人去東京嗎？」

「嗯。」

我不禁感到佩服。雖然現在這個時代獨自一個人的旅行已經不算太少見，但無論如何都必需要有一顆勇敢不害怕的心以及遇到困境能夠泰然處之的冷靜態度。

我想如果是我的話，可能在機場的時候就問題頻傳了，不是在偌大的機場裡迷路就是找不到登機口。

「記得要帶禮物回來喲。」我故意眨眨眼，「對了，聽說最近有一個什麼巧克力很好吃，而且在韓劇裡也有出現過耶……」

「為什麼在韓劇裡出現的巧克力要在日本買？」

「唉呦，國際化嘛……不要忘記喔。」

「如果我記得的話。」

「不然、只要是學長選的都好，什麼都好！」

「那我帶東京的空氣送妳。」

「不要。」

「不是說我選的都好？」他瞇起眼。

「但也不能什麼都好啊。」

「自打臉。」

「呿。」

「還是妳比較喜歡衛生紙？飛機上、飯店、餐廳或是路上都有喔，妳要哪裡的？」

「吼，學長你很壞欸！」

Chapter 5

「現在時間是晚間七點五十五分。」

阿禹學長站在黑壓壓的人群前方，手拿著麥克風朗聲宣布：「請各位依照手臂上的號碼，與自己的隊友肩並肩依序排列整齊。八點開放進入森林時，在入口會有工作人員發放一支手電筒與一張尋寶卡。請與隊友並肩合作一起找尋埋藏在森林中的印章，找齊所有印章後最快抵達終點的組別就是贏家。不過因為人數眾多，因此這次特別增加十個名額，除了第一名有最大獎之外，其他十組優勝者也將分別獲得不同的獎品。」

「我可以回家嗎？」我扯扯容馨的衣角，苦苦哀求。

「放心，別怕，有我在。」她像個大姊姊般安撫說道，但眼裡藏不住的是滿腔熱血與興奮。

我踮起腳尖將視線越過重重人群，最後定睛在一座宛如黑暗猛獸般的森林。

暑假接近尾聲，試膽大會在學校的後山盛大舉行。

雖然白天看來只不過是一座普普通通的小山，平時也有不少人到那兒爬山散步，但到了晚上就不是這麼一回事了，黑幕降臨，後山搖身一變變得像是會隨時將人吞噬掉的恐怖鬼山。

「萬一在裡面迷路怎麼辦？」

我開始緊張到胡思亂想，白天就算了更何況現在可是晚上啊！

「不會啦，路上都會有指標提示妳該怎麼走，況且人又那麼多而且路上還會有扮鬼的同學啊，哈哈。」

「那萬一不小心觸犯到山神……啊啊啊我不想進去！」我越想越害怕，如果被魔神仔或是幽靈妖怪抓走怎麼辦，這樣就從此人間蒸發了！

「妳真的是膽小鬼耶。好吧，如果妳要離開的話也是可以啦，可是這樣的話妳就要一個人經過剛剛上來的那條小路喔，而且那條路好暗好暗……」

我無奈，現在的情況是進退兩難，早知道我就不要為了什麼姊妹間的友情來傷害我自己的心臟了，嗚嗚。

「妳就緊緊抓著我就好了，再怎麼樣也不要鬆開，知道嗎？」

「好的——時間已經來到八點整。現在就請第一組移動腳步前往入口處吧！第二組、第三組也請陸續前進……」

阿禹學長沉下嗓音語氣冷靜的宣布，似乎是要製造詭異的氣氛，同時，在人群兩旁的排列成一直線的火球也瞬間熄滅，只留下位於入口處的一盞火焰，突如其來的黑暗讓不少人嚇到而叫了出來。

該來的還是要來，我像抓著浮木般緊緊扣住容馨的胳臂，在她的帶領下我們進入了深不見底的森林。

我的神經一直處於緊繃狀態，周遭安靜得詭異，連一點風聲與蟲聲也沒有，四周幾乎是一片黑暗，只有漂浮在樹叢間的微弱藍色鬼火搖搖欲墜。

一路上，只要碰到了幾次鬼我就被嚇到幾次而且是慘叫的那種，我簡直覺得等抵達終點後我大概不死也剩半條命，倒是容馨笑得像是遇到搞笑藝人般，甚至還一副心疼的樣子對那些貞子啊吸血鬼啊殭屍啊說什麼很熱吧辛苦了加油喔後面還有很多人等等的話，好像一點都不怕似的拖著我直直往前走。

「又找到一個了。」容馨拾起放在被樹枝隱藏著的小木桌上的印章，「全都找齊了，看來前十名是輕而易舉。」

「喂……妳不覺得哪裡怪怪的嗎？」

「什麼怪怪的？」容馨一臉疑惑，將蓋上印章的尋寶卡收進口袋裡。

我左右張望，總覺得在一片詭異氣氛中全身好像赤裸裸的，好沒有安全感。

「就是……為什麼好像就沒再碰見其他組的人了？而且就連扮鬼的人也沒再出現過了，該不會……我們走到什麼異次元空間了吧！」

「巧合啦，有些人走得比較慢啊。」容馨無所謂的聳聳肩。

「可是……」我正想繼續說，但卻突然感到一陣詭異，明明是炎熱的夏天可是我卻覺得有股寒風吹來。

我大氣也不敢喘一聲。

然而就在我覺得奇怪的同時，忽然間！好像有什麼東西捉住了我的小腿！溫溫的卻又有些冷，而且感覺黏呼呼的，那瞬間的觸感就像是……手？

「啊啊啊啊啊啊啊啊啊啊啊啊啊啊——」

從腳底猛然竄升上一股毛骨悚然，我用力放聲尖叫然後一把扯住容馨，大腦完全沒有思考，以畢生最快的速度直直朝不遠處的明亮光源狠狠衝去。最後，不到十秒鐘的時間，我一腳跨過名為終點的白線。

「恭喜妳們挑戰成功！來，這是每位參賽者都可以獲得的禮物。」

工作人員將尋寶卡收走，將兩袋糖果包送給我們。

「可惜，我們竟然是第十二名。」容馨看起來臉不紅氣不喘，一臉惋惜地把玩著幾顆糖果，「虧妳剛才還跑那麼快。」

直到安心下來後我才撐著膝蓋，大口大口的喘氣。

「別說了，我到現在還不知道剛剛那個噁心的鬼東西是什麼。」我搖搖頭，企圖要把方才的畫面拋諸腦後。

「不知道第一名是誰，真好奇贏家的獎品是什麼。」容馨探頭探腦地說。

「是遊樂園的優待券喔。」

小花學姊突然從一旁冒出，晃晃手裡的兩張票券。

容馨眼睛一亮，問道：「妳怎麼知道？」

小花學姊的笑眼瞇瞇，「嘿嘿，因為……二十分鐘前我一個不小心就莫名其妙變成贏家了。可是我的隊友中途拉肚子就落跑了，不過她說贏了的話獎品全歸我，雖然我覺得不需要這樣但後來她知道是優待票後又擺擺手一臉沒興趣。」

「那學姊打算要跟阿禹學長去嗎？」我笑說。

「算了吧，誰要跟他去。」她翻了一個白眼，一臉嫌棄地說。

「喂喂，小姐，妳這句話什麼意思啊？」被點名的阿禹學長走近，不服氣地抗議，「妳約我去我還不想去咧！」

「哦？是嗎？」

「對，怎樣！」

「好啦好啦別吵了，每天都吵不膩嗎？」容馨此時充當和事佬，然後笑咪咪地道：「我看，你們還是和平一點，手牽手一起去吧。」

「不、可、能。」然而他們兩個倒是很有默契異口同聲的反對。

「這樣好了，不如我們幾個人一起去遊樂園玩，如何？」幾秒鐘後，小花學姊提議道，「反正我們也不曾一起出去玩過啊。」

「ＯＫＯＫ，我也好久沒去遊樂園了。」容馨贊成，「初樂也可以吧？」

我點頭如搗蒜，「當然沒問題。」

說到遊樂園，我也很久沒去了，上次好像是跟家人和親戚們一起去玩。

「好吧，既然妳們都這麼說了……」

阿禹學長撓撓自己的頭髮，然後他閃過頑皮的眼神一把扯住正跟別人談話的學長，懶懶地搭上他的肩膀，「這傢伙也說要去喔！」

學長推開橫在肩上的手，一臉疑惑，「去哪？」

「遊、樂、園！」

阿禹學長雖然剛剛看起來好像有點勉強，可是臉上的表情看起來明明比誰都還興奮。

「學長，去啦！」我說，「去啦去啦去啦——」

「對啊，而且人多一點比較好玩。」容馨偷偷用手肘推推我的側腰。

「蔚——風——學——長——跟人家一起去嘛！」阿禹學長整個人纏上學長，用嬌膩又令人吐血的口吻說道。

「媽的，噁心死了，滾。」學長嫌棄地皺起眉，不著痕跡的把身上纏人的生物揮開。

被推開的阿禹學長呵呵一笑，「沒有拒絕就是答應囉！」

於是，一個遊樂園的約定就這麼誕生了。

試膽大會結束後，大家跟循著工作人員一同返回學校。而我們五個人則是在阿禹學長的帶領下一路沿著羊腸小徑般的小路慢步走至山頂。

放眼望去，眼前是一片紅的、橘的、黃的、白的、藍的……等等顏色交融而成的絢爛景色，這片人聲鼎沸的城市夜景就像是天上散落一地五顏六色的星星，美得讓人屏息，令人著迷無比。

「快看快看，那裡有螢火蟲！」

容馨又叫又跳的指向在樹叢間一閃一閃不停飛舞的綠色光點。

「好美喔。」小花學姊一邊讚嘆一邊掏出手機。

「喂，你們抬頭看。」坐在木質平台上雙手撐在身後的阿禹學長突然喊道。

聞言，每個人紛紛也跟著仰頭一望。

因為山上比較沒有光害的關係，如絲綢般的深藍色天空中到處都布滿無數顆一閃一閃的星子，遼闊得壯觀，近得好像只要微微伸出手就能輕易抓住那些夢幻般的小星星。

「還有銀河耶！」

在那片星空正中央，有一塊星星特別密集的地方，如宇宙般神祕優雅的深藍色裡若有似無的泛著粉色與紫色的光點。

那是大自然所創造出的最令人沉醉其中的美麗作品。

「學長，你有聽過牛郎與織女的故事嗎？」

我雙手搭在欄杆上，目光依舊捨不得離開眼前令人著迷的風景。

「嗯。」坐在長椅上的學長應聲，「怎麼了？」

「農曆七月七日……七夕就快要到了耶。」

「所以——妳又想跟我約會嗎？」

聞言，我側過頭瞪向一臉捉弄得逞的學長，然後又回過頭繼續欣賞美景。

「身為人類的牛郎和身為仙女的織女他們兩個人彼此相愛。但因為觸犯了天條因此被天上的神處罰一年只能跟彼此見面一次，於是每年到了農曆七月七日的那天，他們會跨過搭在銀河上的鵲橋與心愛的對方相見……那一天也是大家口中所稱為的七夕情人節。」

我不知道為什麼我會忽然喃喃自語般地說出這些話，或許是因為看見了銀河，理所當然就聯想起了這個神話故事吧。

「有些人和自己的戀人分開一個禮拜甚至一天就會開始思念對方，所以牛郎跟織女真是偉大，一年只能見面一次，不過有人說，思念的程度越高、見面時的喜悅就會更加濃厚。」

「現今的科技進步神速，縱使兩人相隔半個地球也只要花一天時間就能見到對方，或著是透過手機、電腦……」

「吼，你真的很不浪漫耶，一點都沒有青春的情懷。」我打斷學長毫無感情的分析，「學長你一定沒談過戀愛齁。」

「妳覺得呢？」他嘴角勾起，微微一笑，眼底透著玩味。

「我怎麼知道！」

片刻的沉默之後，當我正準備再次將視線望向美麗夜空時，他說：「牛郎與織女的故事很淒美浪漫，所以妳更應該珍惜在妳身邊那些妳愛的人和愛妳的人，因為只要妳想見就能見到，對他們來說這恐怕是他們一輩子都嚮往的事情吧。」

「所以學長，我很珍惜能和你相處的時候啊。」我轉過頭，毫不害羞地露出笑臉，「幸好我每一天都能見到你。」

學長不發一語的望著我，他的臉上彷彿有著如銀河般溫柔的眷戀。

日子一天天過去，在你忙到焦頭爛額時；在你悠閒放鬆時；在你毫無察覺的情況下隨著時間而悄悄前進。

隨著季節轉換而穿上橘紅色衣裳的楓葉自樹梢緩緩飄落到地面上，為充滿青春氣息的校園染上一片秋色。

某一天下午，當我一個人在操場邊的長椅上犯睏時，突然來了一位意料之外的訪客。

「幽靈少女？」

眼底觸及到那頭漆黑長髮喚起了我的記憶，是那時在游泳館裡的女生。

「幽靈？」她精緻好看的小臉皺了一下，接著語氣瀟脫的道：「我有名字。不過我想我們應該不會太常見面所以就算知道本名也沒什麼用處，就叫我幽靈也無妨。」

不會吧，真的就直接叫幽靈嗎……？

記得上次見面時她提起了我的名字，那我應該不用自我介紹了吧。突然有些尷尬，而她泰然自若的坐上一旁的空位，與我隔著一個人的距離。

「請問……妳找我有什麼事情嗎？」

受不了這持續幾十秒的寂靜，於是我打破僵局。

「妳喜歡莫蔚風對嗎？」

「我……」

「我不會把他讓給妳。」她猛然打斷我。

我登時一愣，並不是因為她所說的話，而是她那透露著不可玩笑的眼神。

「所以請妳死心。」

「等等，我還沒說話耶。」我趕緊出聲，兩秒鐘後我又說：「所以，妳也喜歡他？」

幽靈依舊是那堅定的神情，黑髮隨風飄逸。

「對，而且是從國中開始，所以妳放棄吧。」

聞言，我不禁暗自驚呼一聲，依照外表推測她應該和我同年紀，這樣算算至少也有六、七年吧。要持續喜歡著一個人如此長久的時間那該是多麼不容易的一件事。

我也喜歡學長，可是時間完全沒有來得她那麼久。

但我敢肯定我對學長的喜歡絕對不會輸給任何人，所以我不可能放棄，也未曾有過放棄的念頭。

於是我說了，而且很認真的說了：「我會繼續喜歡學長，無論如何。」

幽靈停頓了幾秒鐘，接著她音量提高了些說道：「可是妳和他幾乎每天相處吧？但他直到目前為止卻都沒有任何表示，這就代表了他根本對妳沒有意思。」

我不知道。

我真的不知道。

或許她說的是對的，但也或許是錯誤的，因為她不是莫蔚風，沒有任何一個人可以代替另一個人表達想法。

「總之，我今天來只是想告訴妳，只要有我在，我不會把蔚風讓給妳。」幽靈站起身，「我被迫捨棄那些可以和他一起相處的時間，現在我回來了所以我不會鬆開手。雖然現在妳有近水樓台先得月的優勢，但妳也別太放心，因為我會把它們一一要回來。」

一陣風忽地吹過，捲起了地上的砂礫，其中一顆細沙跑進了我的眼睛，我下意識地閉上眼再揉揉眼睛默默忍耐那幾秒鐘的不適。

直到再次睜開眼時，幽靈早已消失，只剩下我一個人獨自面對著空無一人的操場。

走往教室的路上，我回想著方才的事情。

總覺得好像有一種……被人下了戰帖的感覺？

不曉得下次見到她是什麼時候。

真奇怪，明明是情敵的，而且是攻擊力與殺傷力都破百的情敵，照理來說我應該抱持著一種警戒的態度，但是我卻有一種沒辦法討厭她的感覺在心間遊走。

「我要一杯熱的抹茶拿鐵跟一杯熱奶茶。」

從超商買了兩杯熱飲後，我和容馨坐在人聲鼎沸又擁擠的學生餐廳裡。雖然這裡很吵雜但卻很溫暖。

時序漸漸進入秋末冬初，再過不久後就是聖誕節還有跨年了。

「對了，今年妳家那位親愛學長的生日禮物妳決定得怎麼樣？」

「啊嘶、燙……」

我立刻放下抹茶拿鐵，碰觸被燙到的嘴唇。

「看來妳忘了，對吧？」容馨慢條斯理地喝了一口熱奶茶。

「才沒有，我老早在幾個月前就在構思了。」我反駁道，「可是……我還沒決定要送給學長什麼禮物，他的個性太難讓人捉摸了。」然後我嘆口氣。

「這還不簡單，親手寫張卡片再一起送個他喜歡的東西不就好了？」容馨聳聳肩笑嘻嘻說道：「妳學長喜歡什麼呀？」

「他喜歡吃甜甜圈，而且是超級愛、愛到旁人會覺得他瘋了的那種喜歡。」

「那就買甜甜圈吧！」容馨用食指敲敲桌面，拍板定案。

我頹下身，像洩了氣的氣球般，喪氣道：「這才是問題重點。就是因為他太喜歡了所以不管是哪一家的甜甜圈他肯定都吃過，而且總覺得好像沒什麼創意，而且他人緣那麼好，說不定其他人也是送甜甜圈給他，我想要特別一點、就是那種獨一無二的感覺！」

「會嗎？我倒覺得是最適合的。不管是誰收到自己最喜歡的東西都會很開心吧？換作是我我也會很感謝對方。有種很了解我的感覺。」

我將她的話放在腦袋裡反覆咀嚼。以目前來說，禮物的大方向大概就是甜甜圈了，還有什麼其他的方法能夠解決呢？

「我知道了！」我直起身子，大聲喊道。

容馨一臉無辜卻說著變態的話語：「想到什麼？把妳自己打扮成甜甜圈當成禮物嗎？」

「喂，我可不想在學長生日當天就斷送我們之間好不容易變得堅固的友情橋梁。」我白她一眼。

「哈哈，所以妳到底想到什麼禮物沒有？」

「我要親手做甜甜圈送給學長當生日禮物！」

我簡直太佩服我的頭腦，怎麼能蹦出這麼有創意的想法。

「是不錯啦，比起用買的親手做的話比較有誠意。」容馨同意的點點頭。

「對吧對吧。而且也夠特別、夠獨一無二！」

「可是問題來了，妳的廚藝不是一向很糟糕嗎？上次做蛋包飯結果做得跟什麼一樣根本是飯包蛋……說不定學長一看到禮物就被嚇得立刻逃到天涯海角了，哈哈哈哈哈哈哈——」

「動動妳的小腦袋好嗎？距離生日還有一段時間，我只要多練習幾次肯定可以成功的。」說完，我相當有自信挑挑眉，然後喝了一口抹茶拿鐵，「噁，抹茶沉澱了。」

「既然如此，那麼妳可以找小花學姊幫忙呀。」容馨彈了一個響指，「小花學姊很喜歡做料理，廚藝也很棒，如果是她的話一定連妳也可以教到會的。」

我忍不住瞇起眼，對其中一個關鍵詞感到質疑，「什麼叫『連妳』啊……」

不過容馨說得有道理，我可以請小花學姊當我的烘焙老師，雖然我對自己的廚藝感到恐懼，但只要我肯去做，我想應該沒有問題吧？

後來，我和小花學姊每個禮拜固定會挑一天到烘焙教室練習如何製作甜甜圈。

「對……然後再把糖粉加進去……等一下，妳倒太多了啦！停、停——」

「哦……」

見狀，小花學姊急忙地將我手中的糖罐抽走，而我下意識地想要後退一步卻不小心打翻了一旁的雞蛋，下一秒，整個流理台被我弄得亂七八糟，一片杯盤狼藉的慘狀讓小花學姊看得是一個頭兩個大。

咳、人設是這樣的，小花學姊是一個很親切又溫柔的老師，而我就是那個專門製造麻煩的糊塗學生。

不過就算我再怎麼把烘焙教室弄得慘兮兮，但小花學姊仍舊還是很有耐心的一一指導我，因此我對她感到深深的愧疚與抱歉。

不過或許是我的努力被幸運女神看見了！在後來的幾次嘗試中我越做越好、越做越上手，甚至連小花學姊都不禁握住我沾滿麵粉的手，欣慰又感動道：「親愛的，我的第一個學生哪，妳終於可以在不搞錯鹽巴跟糖粉的情況下成功做出甜甜圈了！」

最後，在學長生日的前一個禮拜，我在小花學姊的認可下順利畢業。

我學會了人生中第一樣會製作的甜點了！

學長生日當天的中午，我前往空無一人的烘焙教室。

早上上完課後傳了訊息給學長，學長說他下午都有課，因此我決定等到放學的時候再將生日禮物送給他。

把教室的燈打開，我把食材一一攤開在流理台上。

沒問題的，在這之前已經練習了好幾遍。

從櫃子裡拿出玻璃碗，我將高筋麵粉、糯米粉、酵母粉按照定量分次倒入碗中，然後過篩。

接著再放進嫩豆腐、奶油、白砂糖、少許鹽巴然後攪拌，攪拌過程中再一次一點點、一點點的加入蛋液與牛奶，直到食材全部融為一體變成麵團狀。

靜靜讓白胖胖的麵團發酵約一個小時後，再分成數個小塊狀。

然後，將其中一半再分別捏出幾個更小的塊狀然後滾成圓球，接著把它們一顆一顆溫柔地拼湊成一個宛如花朵般的甜甜圈。

而另一半的麵團也依樣搓成圓球狀，接著再把它們分別滾成長條狀，然後再把圈成一個空心圓，揉揉捏捏、揉揉捏捏又變成了另一種圓得可愛的甜甜圈。

然後，將它們丟進油鍋等待個幾分鐘，最後穿上金黃色衣裳的甜甜圈就誕生了。

我將冒著香氣的甜甜圈放到盤子上，然後一個一個分別替它們裝飾，一部分淋上草莓、巧克力、抹茶的糖衣，再糖衣尚未凝固前撒上了五彩繽紛的糖粒。另一部分的甜甜圈，我打開糖粉罐，輕輕地灑上去，雪白糖粉彷彿粉雪般。

「做、做好了！」

看著眼前躺在麵包籃裡精緻的甜甜圈們，不知道為什麼我的內心有種情緒難以言喻，不過那是一種幸福又感動的感覺。

不知道學長會不會喜歡？

不管了，大不了被拒絕的話再自己吃掉吧。

嗚嗚嗚，我怎麼那麼悲觀。

不對，我怎麼可以在打仗前就先認輸。

現在還有一點時間，趁著這個時候來寫卡片好了，等等再把它們放到盒子裡吧。

決定好後，我將流理台清理整齊，恢復成原本乾淨的樣子。

「學妹，辛苦了。」

然而，就在我端著甜甜圈準備放到桌上時，轉過身的當下才發現學長竟然就坐在那裡！

我著實嚇了一大跳，驚訝得久久不能言喻。

「你什麼時候出現的？」

我頓時有些手忙腳亂，最後惱羞的雙手抵在桌面上質問，忽然有種被看光光的感覺。

學長的嘴角微微勾起，模樣看起來依舊是一如往常的慵懶與輕鬆。

「在妳一臉認真揉麵團的時候。」他說。

聞言，我簡直不可置信，「怎麼可能？我明明沒聽到任何聲音啊！」

「騙妳的，其實是在淋果醬的時候。」

突然有些羞窘，學長說完後依然盯著我看，我僵硬地坐上高腳椅。

所以他都看到了？所以他早就在了？

可是我完全、完全沒有查覺到，一點聲音也沒有聽到啊，難不成……

「學長，你是鬼嗎？」

他唉呀一聲，「被發現了。嗯，沒錯，我是鬼，而且是一個很帥的鬼。」

我無言地乾笑幾聲，而學長又聳聳肩，終於不再說幹話，道：「是妳做得太認真了才沒發現我進來了。」

「那你怎麼都不說話？至少叫我一聲也好啊。」

「因為很有趣。」

「蛤？」

學長笑而不答，「這些可以吃嗎？」

還沒等到許可，他就伸長手逕自拿了一個撒上糖粉的甜甜圈。

我用力點點頭。

喔呵呵，親愛的學長呀學長，你就別問可以不可以之類的問題了，因為這些本來就是屬於你的啊！

「其實，這些甜甜圈是我想要送給你的生日禮物。」我說。

學長咬下一口甜甜圈，看著他細細品嘗的臉龐，頓時間，我猛地感到緊張不已。

他會喜歡嗎？

幾秒鐘後，我忍不住開口問道：「學長，好吃嗎？」

怦通、怦通、怦通、怦通、怦通……

學長點點頭，微微一笑，接著說道：「嗯，好吃。」那表情就宛如是他平常像個孩子般吃著甜甜圈的滿足模樣。

「真的嗎？」我不自覺地睜圓眼睛，集開心與興奮於一身的又叫又跳，「不知道為什麼我突然好想哭喔！」

被自己所喜歡的人肯定原來是像這樣子的幸福與喜悅，體內的細胞蠢蠢欲動著彷佛也在為你感到高興。

「對了對了，差點忘了——」我站起身，然後微微往前一傾，「學長，生日快樂！」

窗外的和煦陽光灑落進來，唇邊還殘留著些糖粉的學長宛如融合在那抹溫柔裡。

學長的手掌落在我的頭頂上，然後輕輕地撫摸，一股溫熱傳開，他露出令人感到心動與感動的笑容。

「那麼，就約這星期六吧，早上先在廣場集合然後大家再一起去遊樂園！」

下午在社團教室時，小花學姊坐在椅子上優雅地翹起雙腿，宛如女王般地宣布道。

「那一天你們每個人都不准給我有事、有事也要給我把事情排開！」

上禮拜，阿禹學長很興奮地說就決定星期日那天去遊樂園，但不巧剛好其他人都有事情要忙，時間都排不開，因此只好順延到這禮拜。

「社長你放心，絕對不會的！」容馨大刺刺地盤腿坐在桌子上，模樣很居家的吃著小花學姊親手烤的餅乾。

「很好。」阿禹學長也捻了一片，「紀初樂妳也是，要是敢放鴿子的話我很難保證不會把妳直接把妳抓過來然後再丟到雲霄飛車上玩一百次！」

「會啦會啦，倒是阿禹學長你自己才不要遲到。」我白他一眼，「上次聚餐的時候不曉得是誰說什麼因為幫助老奶奶過馬路所以遲到了結果被發現是睡過頭……」

「呵呵呵呵呵——」他突然跳針般的呵呵笑，「這句話應該對莫蔚風說才對喲。」

半躺在沙發上的學長從書裡抬起頭，冷冷一道：「關我屁事。」

「你最會遲到了好嗎？」

「我哪有。」

講到學長，最近和學長見面的次數好像減少了許多。

記得前幾天聽小花學姊提到，學長最近很忙碌，似乎是在跟著系上老師們參加什麼展覽。雖然依舊會用社群軟體或通訊軟體分享近況，但冷冰冰的科技始終是比不上溫暖且真實的話語吧？因為地球上的科學家們日以繼夜地研究，現今的科技已然發展神速，但就是太過於發達了，因此有許多事情因為人類的惰性與方便而已經變得開始得藉由科技衍生出來的產物來表達了。

就拿現代最讓人為之瘋狂與依賴的智慧型手機來做比喻好了。以前只能通電話、傳簡訊做些簡單操控的按鍵式手機跳脫了傳統框架，漸漸步入時代的墳墓，新誕生出來的智慧型手機不僅能講電話、傳訊息之外，還能視訊、上網、玩遊戲甚至是購物。另外也出現了各式各樣的社群軟體與通訊軟體，琳琅滿目地不可思議。

科技使生活帶來前所未有的便利與新鮮，卻也讓人與人之間的互動漸漸消退。有沒有這樣的經驗？以前與朋友一同吃飯遊玩時，大家會一起天南地北的聊聊天或是討論著剛才看的電影裡那個主角有多麼好笑、那個英雄多麼厲害，但現在每個人人手一台智慧型手機，即使人就坐在對面卻始終透過手中螢幕裡的聊天視窗來表達心情；三五好友們好不容易才聚在一起，但第一件事情卻是先拍照打卡，接著上網PO文然後回覆留言，久而久之大家根本無暇在意眼前活生生的人。

不過，不得否認的是，科技的確讓我們的生活有了嶄新的進步，許多以前不敢想像甚至從未想過的畫面在現今一一實現。

因此除了享受這些方便外，我們也不能缺少那些原本該有的溫暖與柔軟。

結束社團課後我帶著一瓶水前往操場。操場上空無一人，於是我從一開始的散步漸漸地加快了速度變成了慢跑。

天空一片蔚藍，朵朵白雲飄游其中，雖然今天的課已經都上完了但如果就這麼回家的話就太浪費如此舒服的好天氣了。

持續跑了五圈後，我氣喘吁吁地一屁股跌坐在跑道上。

待呼吸平穩後，我大口大口灌了幾口水，然後把腳伸直成大字型，雖然很累但卻有種清爽的感覺。

晚間，我和容馨與小花學姊約在市區裡的某間韓式料理店一起吃晚餐。

「對了，所以莫蔚風他還喜歡妳送給他的生日禮物嗎？」小花學姊挖起一口滋滋作響的石鍋拌飯。

「嗯，看學長的樣子，他應該是喜歡。」

回想當時的情況，我忍不住燃起一抹喜孜孜的火焰。

「那妳打算什麼時候再告白一次？」容馨將一塊海鮮煎餅夾起。

「咳、咳——」聞言，我被剛塞進嘴裡的泡菜嗆到。

「初樂，妳吃那麼急幹麼啦。」小花學姊無奈又好笑的將茶杯推進了些，「來，快喝點喝茶。」

咕嚕咕嚕一口灌下後，平復好情緒，我才回道：「我也不知道，可是我怕萬一我說了，但是失敗了，結果和學長就不能繼續像現在這樣子了。」

「吼，妳想那麼多做什麼，如果妳不勇敢一點的話，就永遠不會知道最後的結果啊，而且有的人就是因為不勇敢所以就錯過了。」容馨看似有些不耐煩地說道。

「每個人的一輩子只有一次的青春，就當作是為妳自己的青春留下一個燦爛的回憶啊。」小花學姊同樣滿腔熱血地說出一句可稱得上是至理名言的話語。

吃飽後，容馨與小花學姊因為分別有事，因此我們三人就在店門口前各自道別。

不過我的五臟廟似乎還沒有就此滿足，於是我又到隔壁的燒烤店買了幾隻看起來可口無比的串燒。

「喂，等等。」

然而就在我跨上機車準備催起油門時，不知何時出現的幽靈突然站在我的前方。

「妳……」

「現在有空嗎？就當今天我們是朋友吧，陪我去個地方。」

她這麼說著，眼神就像是小說裡的女主角受了傷般無助，但卻還是帶著一股傲氣。比起上次見面時充滿殺氣的模樣，此刻那份殺氣卻消失得無影無蹤。

後來，我載著她到不遠處的河岸公園。

雖然現在是晚上，但公園裡卻處處充滿寧靜與人聲的交響樂。

廣大的草原上有不少人正散步著，或是爸爸媽媽帶著孩子一起溜狗玩耍，也有許多人像我們一樣直接隨意坐在階梯上。

夜晚的風徐徐吹拂，空氣中傳來淡淡的青草香以及……食物的味道。

「要吃嗎？」我咬下一口外表烤得近乎完美的雞肉，然後拾起一隻串燒遞給坐在一旁的幽靈，看她一臉猶豫我又弱弱地補充：「因為買的時候不曉得會遇到妳所以我全加辣了……」

她又瞧了一眼串燒，然後又盯著我的臉，看起來有點傻眼，串燒上頭全是紅艷艷的辣椒粉，遲遲等了幾秒鐘後她才接過並咬下一小口。

「好吃嗎？」

「……還好，普通而已。」

幽靈雖然這麼說，但卻又繼續進攻手裡的食物。

「拿去。」

「好冰！」

待我吃到第三根時，她忽然冷不防地將啤酒用力貼到我的臉頰上，接著逕自開了瓶啤酒仰頭一盡。

「哇，看不出來妳滿會喝的嘛。」我故意揶揄道，然後也咕嚕咕嚕灌進幾口冰涼的啤酒。

「妳也是啊。很常喝喔？」

「沒有啦，我很少喝。」我笑笑，「女孩子不要太常喝酒比較好。」

「男孩子也不能常喝吧。」

「哈哈，也是。不過……偶爾小酌幾口也應該無傷大雅吧？畢竟有時候人就是得依靠酒精的力量來忘卻傷心憂寂啊。」我說。

「我跟他告白了。」

冷不防地，幽靈忽然這麼一說。

聞言，我驚訝地只能愣愣望著她的臉龐。

「然後我失敗了，他拒絕我了。」

她的美麗的眼睛蘊上一層水光，模樣讓人心疼的想要將她攔進懷裡。

幾杯黃湯下肚，幽靈說……

前幾天，她決定將已經深埋在她的青春中許多歲月的心意告訴學長。

然後，學長看著她許久，她感覺眼眶聚集一陣濕熱，他說，他不能接受她的心意。

她任頻淚水氾濫，問道，為什麼？

他回答：因為我已經有喜歡的人了。

「我大概是那種提得起也放得下的人吧。雖然還是會覺得難過，但有種解脫了的感覺。」幽靈打開第二瓶啤酒。

「妳會後悔嗎？」我說，並且也打開第二瓶啤酒，「後悔讓自己那麼傷心。」

「為什麼要後悔？」她不解地輕輕皺起眉頭，「雖然起初多少有點尷尬，但我和他還是好朋友，我們說好了。」

我忽然對幽靈的勇敢感到深深地佩服，有多少人是因為害怕向對方告白後但卻失敗了結果雙方就無法再繼續當朋友，因此始終不敢將心意告訴對方而是藏在自己的內心？

我想，我可能就是那其中一個人。

第一次和學長見面時，我對學長一見鍾情，然後完全不經大腦思考地就直接向學長告白了。

但當時學長並沒有回覆我，而我也很好奇為何當時的我竟能如此草率地就說出口。

後來，我和學長成為了朋友，幾乎每一天相處，但我卻不敢再告白。

為什麼呢？我想，是因為我不想將這份友誼做為賭注吧。

我是一個容易想太多的人，所以我會擔心，萬一我說出口了，我和學長的關係就從此變化了，那該怎麼辦。

但是，我要等到什麼時候？

如果我不說的話，就永遠不會知道學長對我的心意是什麼啊。

一直維持這種關係，真的是對的嗎？

「妳說妳絕對不會放棄，這句話我相信。」幽靈露出微笑，原來她笑起來這麼漂亮，「我也相信妳真的、真的很喜歡妳學長。」

雖然這番言論聽起來很做作，明明她是情敵，而且情敵也從戰場上敗下陣來了，但我卻沒有高興甚至得逞的感覺。

「嗯，我真的很喜歡他。」被她的親切感染，我忍不住笑出聲。

「也許我們能成為朋友。」

「嗯，我也這麼認為。」

星期六，第一個到廣場的是學長。

「唉呦，竟然沒遲到。」阿禹學長穿著一身運動休閒服裝，故意戳戳學長的腰側。

「你到底哪裡聽來這些屁話的？」學長一臉無奈。

小花學姊擋在他們中間，像個阻止兩個孩子吵架的幼稚園老師。

「好啦，時間差不多了，走吧。」

大家各自跨上機車，一個小時多的車程後，我們站在充滿歡笑以及繽紛的遊樂園裡。

「哇，到處都是人！」我左看右看，幾乎所見之處全是人，有一家大小、有甜蜜的情侶檔、有像我們一樣是一群群朋友的。

「旋轉木馬、雲霄飛車、旋轉咖啡杯、摩天輪、旋轉木馬……好了，我們現在要先玩什麼？」容馨一臉興奮。

小花學姊指向不遠處巨大的物體，「開胃菜，先來個雲霄飛車吧！」

「請靠近椅背，抓穩扶手，馬上我們就要出發囉！」

坐上長如飛龍的雲霄飛車，一股緊張又興奮的感覺從腳底油然而上，快啟動快啟動吧，我快等不及要衝出去了！

阿禹學長說他想要刺激有點所以自告奮勇地說他要第一排的位置，小花學姊和容馨因為打不過宛如一頭牛的阿禹學長所以只好乖乖認命坐第二排，而我覺得第三排的的位置剛剛好所以沒人跟我搶，不過學長倒是一臉不同往常的冷靜泰然而是神情奇怪地直直盯著前方，同時像是抓著即將掉入岩漿時的救命繩索般緊緊抱住扶手。

「學長，你會怕嗎？」

「不會。」

他說，但聲音似乎……有點顫抖？

「真的嗎？學長，如果真的很害怕的話，你可以抓著我的手喔。」

聞語，他咬牙切齒的，然後狠狠瞪我一眼。

「學長，如果真的真的不行的話，現在下車還來得及喔……」

「我沒有說不行。」學長頷著一張倔強的臉，微微轉過頭，「倒是妳，如果等等下去後不舒服的話可別找我。」

結果不舒服的反倒是他自己。

看著學長面露出和平時總是冷靜的反差模樣，就像是孩子玩累了甚至是虛脫了般，我忍不住哈哈大笑。

我將方才在自動販賣機買的冰水打開瓶蓋，然後遞給整個人攤軟在長椅上的學長。

「學長，你還好嗎？」

「沒事，還好。」他放下水，靠著椅背，仰著頭。

「瀏海撩起來，撫著會舒服一點。」小花學姊將熱毛巾貼在學長的額頭上。

「不過，你明明不敢玩這種恐怖設施，怎麼這次突然玩了？」阿禹學長啃著剛才買的熱狗堡。

「沒什麼，只是想說學妹旁邊多了一個位置，不玩白不玩。」學長無所謂地聳聳肩說道。

「還是其實學長是因為……」

容馨欲言又止的，然後又偷偷看向我一眼，我疑惑地用眼神示意問她幹麼這樣看我，但她卻只是依舊笑笑不語。

「那麼，我們先在這裡吃點東西，休息一下吧。」小花學姊捧著飄著香氣的爆米花。

一整天下來，我們幾個人幾乎把全部的遊樂設施玩過一遍了。

「哇，晚上的遊樂園也太美了吧！」

吃完晚餐後，我們在遊樂園裡的中央花園中散步。

「真的，超美的，好像在童話故事裡一樣。」容馨說道，「那裡有遊樂園吉祥物的玩偶耶，我去看一下。」語畢，她跑向不遠處的小攤販。

「我也去順便買點飲料好了。」小花學姊說。

「喂，等一下，我陪妳去。」阿禹學長拉住她的手。

「喔、隨便你啊。那……你請再順便請我吃棉花糖！」小花學姊的臉上閃過一瞬的羞澀與雀躍，然後又宛如女王上身般地故意說道。

「蛤！為什麼？妳還吃不飽喔？」

「我爽，你管我！」

「小心變胖。」

「再胖我還是有人愛啦！」

於是，他們兩個人就這樣互相鬥嘴地走向前方的飲料攤。

我看向站在身旁的學長，他手裡拿著一袋的甜甜圈，果然甜甜圈狂熱者無論在哪裡只要看見甜甜圈就會把它抓住。

滿天星星的夜空裡，圓又大的月亮散發著柔和的光芒，學長的臉透著一抹溫柔。

「幹麼一直看我？」學長冷不防地轉過頭。

「沒有啊。」

我笑笑，面對他的注視，我沒有移開視線。

僅僅只是這樣待在學長的身邊，我就感到無比的幸福。

現在，我好想讓他知道我有多喜歡他。

「學長，」我喚道，「我喜歡你！」

他沒有一如往常的完全冷靜，而是有點像是驚訝般地微微睜大雙眼。

然後，學長又微微一笑。

「嗯，我知道。」他說。

「你知道？」我對這個答案覺得有些意外，「那那那那那你喜歡我嗎？」

天哪，我竟然說出這樣的話！

好害羞喔。

「學妹，對不起，我已經心有所屬。」他說。

「什、什麼，原來學長你……那、那個人是誰？」

此時，我的心宛如掉落至地獄般。

所以，學長真的已經有喜歡的人了。

我突然好想哭。

但是，傷心歸傷心，我還是想知道那個幸運女孩究竟是何方神聖。

然而，只見學長從懷中的袋子裡拿出一個灑上糖粉的甜甜圈，他慵懶的神情與略為無辜的笑臉讓我不知道他到底想要做什麼。

他看著甜甜圈，就像是在看自己的戀人一樣，然後又看回我，眼神藏著調皮搗蛋的意味。

我頓時感到一陣錯愕與傻眼。

「學長，你不要跟我說對象就是它喔。」

「真乖，妳猜對了。」

「嗚嗚，我很認真耶！不要開玩笑了啦。」

「親愛的，我對你的愛永遠不會改變。」這句話說得如此動人，但他的目光卻是看著手中的甜甜圈！

「學長！你這次要好好回答我啦！」

他依舊是那副以欺負我為快樂的討厭模樣。

算了，總有一天我一定會讓這個愛捉弄我的甜甜圈學長愛上我！

春暖花開，春天的溫暖漸漸地與夏天的炎熱一起在這座城市綻放。

早上上完課後，因為肚子餓了於是我走向學生餐廳打算買點東西吃。經過操場旁時，意外地發現學長正一派慵懶地倚靠在花圃旁的長椅邊。

「學長學長，你在等我嗎？」我興奮跑近，故意這麼說道。

「嗯。」

「蛤？」

我下意識地發出一聲怪叫，如果是平常的話學長肯定會一臉「妳想太美了」地回答：「不是。」但現在卻像是一隻乖巧的貓咪般這麼回答我。

真是太奇怪了。

「學長，你該不會要找我約會吧？哈哈。」

我故意戳戳他的肚子，軟軟的，不過以前不小心偷看到衣服下的養眼畫面，嘿嘿。

「聰明，就是這樣沒錯。」

他說，而我更是比方才更加震驚一百倍，無法置信到睜圓了眼睛還有張大了嘴巴。

「學長，你真的是……學長嗎？」

不，現在站在我面前的一定不是學長、一定不是莫蔚風！

「學妹，明天妳有空嗎？我們去約會。」

天哪——

學長壞掉了！

「你發燒了嗎？還是哪裡不舒服？還是、還是你受到什麼難過的事情所以一時崩潰承受不了打擊結果整個人性格大變了？或是、或是你……被鬼附身了？」

「都不是，我還很正常。」學長無奈地為我的胡言亂語做出解答，「倒是學妹，怎麼我不過只是說了句『我們去約會』，妳就突然那麼激動啊？」

聞言，我一時語塞，面對他的注視我不禁有些尷尬與害羞。

還能有什麼理由，因為說這句話的人是我喜歡的人啊。

學長是故意的嗎？他明明就知道我喜歡他啊。

「嗯？妳說什麼？」

「我、我……」

「什麼？」

「算了！好啦，我承認，是我不正常啦！反正每次在你面前我就是忍不住這樣。」

「所以，妳到底要不要和我約會？」學長像是看笑話般盯著我，然後噗哧一聲。

唉呦，這就像是問我要不要吃甜食一樣，如果我拒絕說「不要」話表示我大概不是紀初樂了吧，哈哈。

「不說話……意思是妳不想囉？」

「等等，不！」

「怎麼樣？」

「我當然願意，一百倍、一千倍、一萬倍的願意！」我趕緊發表聲明。

「有必要那麼開心嗎？」學長嘴角噙著笑，一臉不解。

「你如果被喜歡的人這麼問的話，我保證你會和我有同樣的反應。」我眨眨眼睛，換作是任何人都是這樣的吧。

「妳確定嗎？」

「對。」

「如果被喜歡的人這麼問的話，我會和妳一樣激動？」

我篤定地點點頭，「嗯，我非常確定。」

不過，話才一說出口我就後悔了。

以我對學長到目前為止的認識來說，他是一個會隨時說出令人驚訝又一時反應不過來這種話的人，而且還是一個很奇怪的人。

「那學妹，妳對我說說看吧。」

看！對吧！很意想不到吧。

不過相處了那麼久，我多多少少也偶爾可以冷靜地回應了。

「好啊。」我爽快答應。

「學長，你要不要跟我約會？你只能說好，不准說不好。」

下一秒，學長又露出令人心動的笑容。

「嗯，好啊。」

晚上六點半，我和學長約在街道上的甜甜圈店門口。

我提早了十分鐘出門，然而一到見面地點後才發現學長早就已經站在那裡了。

他穿著一身休閒服裝，雖然簡單卻很有自己的風格，有種鄰家大男孩的感覺。

可惡，又被迷上了。

美麗的事物總是讓人欲罷不能，無法控制。

「妳來得好早。」待我走近後，學長說道。

「學長也很早啊，你等很久了嗎？」我說。

「嗯，好久了，腳好痠。」他輕輕皺起眉。

我不予置評地呿了一聲，「學長你真是一個傲嬌的人。」

「傲嬌這個詞應該是在形容一個人不坦率又口是心非吧，我現在沒有口是心非啊。」

好啦，言下之意就是他真的等了很久，不過其實我知道的，從不遠處就看到學長的身影，他的臉上露出淺淺的微笑，所以學長明明就是很甘願地在等我嘛。

「學長平常就是一個傲嬌的人啊。一點都不坦率，只有在面對甜甜圈的時候才會大方地表達自己對甜甜圈的愛。」

「是嗎？」

「對啊，就是這樣。」

後來，我們到附近的一間日式料理店用餐。吃飽後，我說我想要到附近的書店逛逛，於是就在書店裡待了好一段時間，我很喜歡被書包圍的感覺。

從書店出來後，我們肩靠著肩在街道上漫無目的地散步，市區依舊是人聲鼎沸，熱鬧得讓人心情不自覺興奮了起來。當然，走著走著肚子又餓了，於是我們開始覓食，東吃一點西吃一點。

「學妹，妳真的很喜歡吃東西。」學長咬下一口甜甜圈。

「吃飯皇帝大嘛。」我也咬下一口甜甜圈，「你也是啊，現在這是第幾個了？」

「第三個而已啊。」

填飽肚子後，我們坐在小花園裡的長椅上。

我抬起頭，月亮高高地掛在天空中，一地彷彿鑽石的星星一閃一閃，今天的夜空美麗得令人想要談戀愛。

「學妹。」學長突然說道。

「嗯？」我應，眼睛依舊望向那片星空。

「妳不是說我是一個傲嬌的人，而且還很不坦率嗎？」

聞言，我轉過頭看向他。

「你想說什麼？」

然而，學長忽然微微一笑。

「學妹，妳不是說喜歡我嗎？」

「對、對啊，我喜歡你啊，早在第一次見面的時候我就對你一見鍾情了，你不是早就知道了嗎？」

我有些尷尬又有點害羞，「可是學長，你都裝傻──」

「學妹，我喜歡妳。」

然後，他說。

這個瞬間，我覺得在我的身邊好像開滿了粉紅色的浪漫花朵般，我的心臟噗通、噗通、噗通地跳得強烈。

「學長……」我情不自禁的喃喃自語道。

「嗯？……」

然而我卻又有種被捉弄的感覺，嘆口氣，這次我沒有力氣反駁也沒有力氣嗆回去，我真的笑不出來。

「你真的很喜歡欺負我耶，但這個玩笑一點也不好玩。」

「聽著，我不是在開玩笑。」

語落，他伸出雙手，輕輕地捧起我微微發紅的雙頰，像是在守護著什麼珍貴的寶物般。

似乎是因為我的表情太過震驚又或是像是中了頭獎般不敢相信，學長輕輕笑出聲，幾秒鐘後，他的頭低下，我的唇頓時貼上一抹溫熱的柔軟。

起初先是小心翼翼地來回親吻，漸漸地，我的手不自覺環抱住他的腰，學長猛地又加深了力道，霸道地撬開了我的唇齒，我彷彿快要醉倒般只能乖乖地感受他的溫柔感情。

「臉頰的肉好多。」學長很故意地擠著我的臉。

「你、你很煩耶，胖才可愛，你懂嗎？」我直到現在才感到全身發燙，但仍不甘示弱地反擊。

「嗯，所以我很喜歡。」

天哪，我的小心臟快承受不住了！

「學長，想不到原來你滿會對女生講甜言蜜語的嘛。」

「我不對其他人說，我只對妳說。」

我望著學長，忽然間有種想哭的感覺，「欸，如果可以的話，快點賞我一巴掌好不好？」

「為什麼？」

「因為我現在真的覺得好幸福喔！」

然後，我緊緊抱住學長，然後我又拉離了些距離。

「所以……學長，你是從什麼時候開始喜歡我的啊？」

「我也不知道，但是我想，大概就是所謂的日久生情吧。」學長笑得燦爛，「妳總是傻傻的，不曉得在天然呆什麼，而且有時候又一臉古靈精怪的樣子，但是很可愛。我一直都知道妳喜歡我，可是我就是想捉弄妳，到最後，我發現我好像已經不能沒有妳了。」

「學長，我對你是一見鍾情，而你對我是日久生情。」我笑笑。

「嗯，我想，這就是緣份吧。」他說。

幸福是什麼？

每個人對幸福的定義不同，對我來說，幸福就是能夠與所愛的人在一起。

在熱鬧的街道上，我和學長手牽著手。

經過幾間店，看見不遠處排著長長人龍，靠近一點看原來是間咖啡店。

雖然已經吃得飽飽了，但還是好想喝點什麼！

「學長，我想喝熱奶茶。」我說，同時指向右手邊人滿為患的咖啡店，然後慢慢停下腳步。

學長也停下步伐，一臉奇怪的微微皺起眉，「不是才剛吃完一盒章魚燒嗎？」我正想反駁，結果他又補上一槍：「而且妳還把我的吃光了。」

「吼，明明是你自己點到辣的耶，而且還剩很多又很浪費我才幫你吃的好嗎……」我咕噥道。

躊躇了幾秒後，我突然感到不對，等等，學長一定覺得我很貪吃，可是……

「唉喲！現在那麼冷，我要暖手嘛！」於是我臨機應變換了個說法。

哦！等一下……搞不好我這麼一說，學長就會很霸氣的直接抓住我的手塞進他的外套口袋裡取暖也說不定……

「妳會冷嗎？」男朋友這麼說道。

女朋友輕輕點點頭，無辜地眨著水汪汪的杏眼。

男朋友的心登時彷彿被融化了，他攤開自己的手掌，「手給我。」

女朋友乖乖地將自己的小手放進那隻溫暖的大手中，小心臟撲通撲通地跳動，白嫩嫩的臉頰逐漸染上一抹粉紅色的可愛紅暈——

然而，人必須乖乖面對現實，這一切都只是我一個人花痴的幻想罷了。

只見學長逕自將自己的手塞進外套口袋裡，然後很沒良心地烙下一句：「好冷，我要去隔壁取暖，妳買好再過來。」

聞言，我下意識地抽動了嘴角，Excuse me？哈囉哈囉？我有聽錯嗎？

只見學長仍然站在原地，好失望啊，好無言啊。

「……那，我去排囉。」我眼角噙著淚，默默跨出左腳，「我、要、去、排、囉？」

「嗯。」

學長隨意地點了個頭，也準備轉身。

「我一個人去排囉。」我緩緩抬起右腳，「一個人喔——獨自一個人喔——孤零零的一個人喔——」

「等一下。」

當我右腳墜地的同時，學長猛地開口出聲，而我瞬間燃起一絲火熱熱的希望。

噢，莫蔚風啊，你這下終於良心發現不能拋棄你那可愛的女朋友了嗎？

「我陪妳吧。」

學長下一句是要這麼說嗎？

「順便一杯熱拿鐵，謝謝。」

我頓時做出一個綜藝摔，才升起不到五秒鐘的希望火焰又瞬間煙消雲散。

「好哦……」我欲哭無淚，三秒鐘後又轉過頭再次望向已經距離五步的學長，「我真的要『一個人』去排隊囉。」我故意提高音量。

「嗯，快點。」

然而學長依然絲毫沒有發現我的弦外之音！

於是，我就這麼一個人站在寒風中孤孤單單的排隊，而那個超級沒良心的傢伙正窩在隔壁開著暖氣的鞋店裡舒舒服服地躲避外頭冷冽的氣溫。

嗚嗚嗚，怎麼能這樣對待剛在一起的女朋友呢！這世界上還有沒有人比我更淒涼的啊！

我一定要在他的咖啡裡加冰塊，還要加半、杯！

最好冷死他！

當我買好走出溫暖的咖啡店後，學長已經站在門口的招牌旁了。

接著，我們走到位於前方稍微不遠處的一塊有花園造景的露天咖啡座區域。不過也許是因為到了尖峰時段的關係，所有的座位都幾乎客滿，因此我們改坐在花園旁的噴泉邊。

眼前一片五彩繽紛的美麗燈飾穿插在各個小小角落，不知何處響起的陣陣鋼琴聲流淌在稍些熱鬧的城市喧囂中，手裡捧著熱呼呼的熱奶茶，右肩膀輕輕傳遞而來的溫暖，即使現在氣溫稍低，但我卻覺得好浪漫。

「好冰。」學長微微皺眉。

「怎麼會？」我佯裝吃驚的樣子，「會不會是店員不小心裝錯了？店裡人滿多的，可能一忙起來就搞糊塗了。」

「算了，沒關係，我正好想喝點冰的，因為剛才鞋店的暖氣開得太強，好熱。本來想跟妳說換成冰的但想妳可能已經點了，沒想到店員神來一筆。」學長喝了一口。

「蛤？」聞言，我大喊一聲。

「怎樣？」他疑惑地挑起一邊眉。

「……沒有，我、我就覺得開心，哈哈。」我裝沒事地傻笑，我的鬼陰謀竟然沒有反擊成功反而還讓學長得到好處。

只見學長依舊不為所動地盯著我，於是我趕緊轉移話題，隨便指了個地方。

「欸欸，你看，那裡的玫瑰花有好多顏色喔，紅的、粉的、還有藍色的欸！好漂亮喔。」

然後我打開熱奶茶的蓋子，香氣與熱氣緩緩散發出來。

就在準備喝的時候，白茫茫的熱氣一瞬間不留空隙地將我的眼鏡覆上一層白霧。

「喔，又來。」戴眼鏡麻煩的地方就是在這裡，每次只要一碰上熱的東西，鏡面就會被熱氣弄到。

「我幫你弄。」學長突然將我的熱奶茶輕輕壓下。

「喔、沒關係啦，這一下下就好了，你看，已經散到剩一半了……」

然而，我的話還沒說完，卻感覺到有個幾近炙熱的柔軟輕輕地、暖暖的貼上我的唇，下一秒鐘，眼前的白霧全數消散，於是我不著痕跡地對上一雙足以蠱惑人心的漂亮眼睛，在彷彿與此刻夜空相互輝映的黑色瞳孔裡頭還有個和自己長得一模一樣的人。

我就這樣與學長以彼此毫無空間的距離對視著，幾秒鐘後，柔軟的炙熱離去，但鼻息間卻還殘留著淡淡的拿鐵香氣。

再過兩秒，我不自覺地瞠大雙眼，甚至好像連嘴巴也跟著張開了，宛如從夢境中清醒過來般。

然後三秒鐘過去，我不敢相信地眨眨眼，然後搖了搖視線正看向不遠處人潮的學長的手臂，他冷靜的反應與我完全成反比。

「學長，你、你又親我一次了耶！」

簡直是又尷尬又害羞又驚訝又驚喜，甚至現在才發現我的音量好像太大了點……於是我有些害臊地一口將奶茶喝到剩下半杯。

天哪，這是怎麼回事？突然好緊張喔，心跳好像開始加快速度了。

「還想要嗎？」

然而學長神情慵懶地偏過頭來，露出一抹無害的天使笑臉。

「蛤？」

此時此刻，我由衷的希望心頭那一隻活蹦亂跳的小鹿可千萬、千萬不要把自己撞到頭破血流才好。

再一次嗎？可可可可是這樣子好嗎？旁邊還有其他人耶，而且也有小朋友在。

但是剛才都已經……

不，冷靜，穩住，這千載難逢的機會我到底還在猶豫什麼，理所當然應該要好好把握住才對啊！

而且是在這燈光美、氣氛又佳的場所耶！

「那、那好、好吧，如果學長你真的那麼堅持……」

於是我儘量克制一直不自覺上揚的嘴角，稍微猶豫躊躇了一會兒，畢竟還是得顧及一下身為女孩子的矜持與害羞嘛。

學長依然盯著我看，笑意依舊清楚表露在那張被暈黃燈光照映得柔和的臉蛋。

然後我微微嘟起嘴，「來、來吧！」

說完，我不自覺地閉上眼睛，幾秒鐘後，感覺有股溫暖正逐漸靠近當中，全身的血液彷彿都隨著油然升起的緊張與期待緩緩凝固，所有的感官聚焦在同一個地方，等待著即將降臨的……

一秒鐘、兩秒鐘、三秒鐘、四秒鐘、五秒鐘……依舊毫無動靜，平靜得好像只有我正獨自上演著沒有觀眾的獨角戲。

咦？

咦咦？

咦咦咦？

咦咦咦咦？

咦咦咦咦咦？

我疑惑地睜開眼睛，只見學長依舊在同樣的距離，沒有前進也沒有後退，笑眼瞇瞇，就像是在看一齣搞笑的好戲般，宛如體內裝著惡魔靈魂的天使。

「妳一直在憋笑，我實在不忍心打擾。」他說，然後又喝了一口冰拿鐵。

好，我不知道現在我應該是該哭還是該笑。

啊——

我剛才的臉一定很奇怪！

啊啊——

實在太丟臉了！

啊啊啊——

白痴，紀初樂妳真的是一個愚蠢到極致、單蠢到無底洞，簡直是花癡界中的超級花癡王！

好了，冷靜。

突然好想把學長的頭用力塞到他手中握著的拿鐵裡面。

「學長，你現在不要跟我說話。」

我故意板起臉，收回搭在學長手背上的手，視線堅定不移地看著前方的街道。

「嗯？」他無辜的大眼閃著碎光。

「噓，肅靜。」

「不要。」

「我說了，不要跟我說話，某個人目前很不爽。」

「生氣了？」

「對！因為一個正值花樣青春的少女心受傷了！碎得一蹋糊塗！」

嗚嗚，就算對方沒有問原因但卻還是忍不住說出口了，我真的好沒原則喔。

「好啦，乖。」

學長的大手此時覆上我的頭，我抬眼，他動作溫柔親切的來回撫摸著。

「氣消了嗎？」

「你……」

等等！

怎麼……怎麼感覺好像哪裡怪怪的？

這根本就像是在摸小狗一樣啊！

堅持，紀初樂。

千萬、千萬不要讓男朋友覺得妳是一個好欺負的女朋友。

「還在生氣？」

「對。」我點點頭，「我還在生氣。」

他眨眨漂亮的眼睛同時傾身靠近我，接著又回歸原位。

「好啦，不要生氣了。」

然後，他伸出手捏了捏我的臉頰，然而這時我發現在他眼底除了一抹愛戀外還有一股調皮的意味。

「臉頰肉好多。」學長繼續捏著，「好像豆腐。」他噗哧一笑。

我抬起手揮開在我臉上做怪的鹹豬手，「走開啦……唔？唔——」

惱怒的想要反駁時，結果他竟然很犯規的在我的臉頰上用力啾了一口。

「嗯，雖然肉很多但是口感不錯。」

「你……」

我頓時不禁全身竄起一股熱與羞，不可置信地看著像一副吃飽喝足般滿意的臭傢伙。

明明想控訴剛才突如其來的舉動，但卻發現自己根本控制不住笑意。

「你太過分了！」我登時好氣又好笑，「學長，你是不是以前有談過戀愛？你哪裡學來的！嗯？說！」

「氣消了吧？還是妳想要其他的？」

「你是還有就對了？」

「妳猜啊。」

學長很壞心的露齒一笑，我簡直快要受不了了。

「你——」

原本生氣的情緒就像是被天上降下的糖粉雨沖淡掉一樣。

然而，這和平又溫馨甜蜜的氣氛才維持了短短十秒鐘而已。

「妳頭髮亂了。」

「有嗎……」我下意識地抬起手想要整理。

「嗯。」

他回，但卻將我的手按下，反而伸出自己的手，「我幫妳。」

然而就當我準備享受這小小的甜蜜時，學長的手卻突然很不安分地開始在我的頭上快速左右移動！

「學長！你幹麼啦吼喲！」

我立刻張牙舞爪的扭動身體，然後欲哭無淚外加又驚又怒地皺眉大聲質問，這下真的亂了啦。

「妳真的很好玩。」

露出天使笑容的惡魔又再次伸手，我立馬反射性地伸手阻擋攻擊，但他卻巧妙繞過，接著開始用手指輕柔地梳理整齊剛才他「親手」創作的作品。

「學長，你說的這句話是褒還是貶？」

「你覺得呢？」

他收回手，我摸摸自己的頭髮，還真的恢復原狀了耶。

「走吧，餓了。」學長扯扯我的衣袖，然後站起身。

「餓了？不是才剛吃飽嗎？」我口氣很是故意，也跟著起身。

「我們半斤八兩。」學長說，然後露出一抹邪惡的笑臉，「妳沒有聽過一句話嗎？談戀愛是很耗體力的。」

聞言，我頓時感到一陣害羞。

「學長你好變態！」

後來，我們一路吃吃喝喝，圓滾滾的肚子都快要撐到爆炸了。

雖然今天好冷，但我卻覺得心裡成反比——

是甜滋滋的。

「學長。」我蹭蹭身旁溫暖的學長。

他微微側過頭，露出一直以來都令我沉醉的笑容，「嗯？」

「我最喜歡你了！」

（全文完）

番外一

那是在一個天空是一片晴朗的悠閒午後。

小花癡紀初樂正一個人偷偷摸摸地下巴抵在交疊的雙手上，輕輕趴在沙發背上睜圓眼睛居高臨下地看著正仰躺在沙發上睡著的學長。

……她本來只是來社團教室拿昨天忘在這兒的小說，沒想到找著找著就給她無意間找到了一幅十分賞心悅目的畫面。

也許是因為天氣很好，不太熱也不太冷，或是因為待在雖然稍微聽得見自遠方傳來的吵鬧聲但還是很安靜的環境，也或許是從窗縫溜進來的微風讓整個空間變得涼爽舒服，學長看起來睡得很熟。

孩子氣的微微張口，胸膛隨著平穩的呼吸輕輕起伏，穿透玻璃窗而進屋的點點光粒若有似無地灑在他的身上，有點朦朧模糊、有點金光閃閃，宛如像是凡間中的天使般。

這樣的學長好像是第一次見到耶。她不禁心想。

默默地看著、看著……突然，她開始疑惑起來這樣子的行為好像有點……變態？

思及此，她驀地感到有些不好意思，她暗自乾笑幾聲，然後稍稍將手臂往後移一些些想要拉開一點距離——

「呃啊！」

結果竟然一個不注意重心不穩，不小心手肘一滑接著上半身順勢往下傾，反而距離更近了。

這一陣小騷動惹得睡夢中的學長眉頭輕皺且稍稍扭動身體，似乎、似乎是被她吵醒了！

見狀，紀初樂立刻緊張得噤聲不語，不敢輕舉妄動。

幾秒鐘後，平緩的呼吸聲再次傳來，幸好，他仍在與周公爺爺下棋。

紀初樂大大鬆了一口氣。

警報解除之餘，處在如此近距離的位置，她突地發現學長的眼睫毛其實好長，皮膚白嫩嫩的好像豆腐，薄唇紅潤得宛若炙熱的火焰，好像只要再往前一點點，就可以親……

啊——

不可以，她在亂想什麼。

萬一被發現，就完蛋了！

可是，這機會很難得啊？

她搖搖頭，不不不，她可不想被冠上性騷擾的罪名啊！

但……他們又不是沒親過？

不過，也是得先問問本人的意願，願不願意讓她……

「吼白痴不對啦這哪有可能會發生的事情！」

紀初樂與自己對話，內心天人交戰，雙方勢均力敵！

但，如果只是輕輕碰一下，應該……不會怎麼樣吧。

只要輕輕地、輕輕地……

彷彿有股魔力悄悄牽引著她，紀初樂以極其緩慢的速度靠近學長的臉頰，做壞事會讓腎上腺素爆發，她的心跳撲通撲通跳得飛快，讓她的臉都不自覺熱了起來。

「妳在幹麼？」

然而就在此時學長猛地出聲！讓紀初樂頓時嚇得幾乎快要魂飛魄散，動也不敢動，大氣也不敢喘一口！

此刻的她就是個正準備偷一個吻但卻被逮個正著的現行犯。

學長眼神清醒地看著眼前臉頰紅得像是夕陽般的女孩。

紀初樂登時腦袋一片空白，完全不知道該回答什麼，只剩下左胸口強烈的律動提醒著她千萬別因為面前與自己只有距離不到一個手掌長的俊顏而忘了呼吸。

剛睡醒的學長有股慵懶的氣質，宛如午後曬著日光浴的貓咪，雖然他平時就已經是這副模樣了。

他看著她呆睜著圓眼，不禁起了個想要捉弄她的念頭。

「該不會是想要偷親我吧？」學長玩味說道，伴隨著一抹壞心指數濃厚的曖昧微笑。

「才、才不是！」她拉開距離，慌張地想要解釋，此刻的情況真讓她想一頭撞上牆壁或是逃到天涯海角，因為太尷尬了！

「那不然呢？」

學長很故意，明知故問。

「我……我、我是在保養眼睛！」

不管自己脫口而出了些什麼蠢話，紀初樂難掩害羞的情緒，飛也似地跑出社團教室。

番外二

「學長，你覺得這個音樂盒小花學姊會喜歡嗎？」

過幾天是小花學姊的生日，因此社團的大夥們決定偷偷幫她舉辦一場慶生派對。

提到生日就一定缺少不了禮物，因此隔天紀初樂便拉著學長到市區挑選禮物。

不過紀初樂原本猜想他應該不會想去，正當她準備拿出祕密武器——甜甜圈來蠱惑學長時，學長竟然出乎她意料毫不考慮的就爽快答應了。

為此紀初樂又是驚訝又是驚喜，看來自家男朋友的邪惡因子總算安分一點了。

不過，還開心不到十秒，是她太笨，她差點忘了學長是個異於常人的傢伙。

只見修長雙腿交疊倚坐在長椅上的他動作優雅地翻閱腿上的原文書，接著默默地說：「女孩子的禮物還是女孩子挑比較好。」

言下之意就是因為他不知道要挑什麼禮物才好所以只好跟去了。

紀初樂無奈又無言，嗚嗚。

不過算了，她偷偷竊笑了幾聲，至少是個久違的約會呀。

這陣子系上正舉辦活動因此忙得不可開交，而學長則是和阿禹學長一起參加公益活動，因此兩人見面的次數也就相就減少了許多，而且像這樣在街道上約會的畫面也少之又少。

紀初樂與學長簡單填飽肚子後便手牽著手到處走馬看花，雖然是平日，但市區仍舊人聲鼎沸，熱鬧滾滾。

「這個怎麼樣？」

聞言，紀初樂轉過頭，接著三顆黑點從她頭上飄過。

「這是什麼？」她看著學長手中拿著台灣國旗樣子貌似……是熊的奇怪玩偶。

「女生不是都喜歡玩偶嗎？」

「學長，你真的很不會挑禮物。」

「不然我怎麼會在這裡。」

「哼。」

後來，他們繼續漫無目的的走走逛逛，經過一間裝潢日系療癒風的文創小店時，紀初樂覺得很特別於是便推開玻璃大門走進。

柔和的暈黃燈光自華麗的水晶燈綻放，店內充滿溫馨的氛圍，耳畔不時傳來一陣陣療癒的鋼琴伴奏，店裡人潮眾多，但因坪數頗大因此逛起來並不擁擠。

眾多商品看了令人眼花撩亂，各式各樣的文具周邊、精緻的糖果餅乾、飾品、書籍、服飾、臥室小物、客廳擺設……等等，幾乎是應有盡有。

紀初樂發現落地窗旁有塊用童話般的白色圍籬所圍繞起來的小地，最裡頭擺放著將近半身高的半剖的鄉村風格小木屋。

「學……」轉過頭，她本想和學長說但她發現學長正專心的在端倪著手中猶如哈利波特風格般的紅色硬殼書籍，於是她便改口：「我去那裡看一下。」

「嗯。」他莞爾。

ＯＫ，就讓她來好好補獲小花學姊的禮物吧。

她走近，原來這裡擺放的全是以蕾絲作為主題的小物，除了上衣、短褲、帽子、髮飾以外，還有卡片、檯燈、枕頭……等等，商品相當多樣化。

東找西找東看西看東挑西挑，經過一番絞盡腦汁最後她決定選擇一個天使羽翼為元素的垂墜式耳環當作小花學姊的生日禮物。

耶，搞定！

結帳後，紀初樂又被櫃檯旁以天使為主題的造景區給吸引，白色羽翼摸起來讓人幾乎快要融化，就在她專注地翻閱關於天使的文獻時，有個身著黑色襯衫的人從旁靠了過來。

嘿嘿，學長肯定還沒決定好。文字有如魔法般，她的視線完全離不開，於是她沒有轉過頭，不過她想他現在一定還很頭痛吧。

看來學長還是得依靠她嘛！闔上書籍，她向後牽住他的手繼續緩步向前。

一面白牆上貼滿琳瑯滿目的明信片，城市、山丘、海灘、街景、夜空……甚至還有背景空白只有一串草寫文字的樣式。

「好美喔。」紀初樂忍不住讚嘆，她繼續往前走。

「喂。」

邁步的同時聲音響起，聽來很是熟悉。

「蛤？」紀初樂側過頭，一臉疑惑地望著學長。

「妳在幹麼？」

「我在幹麼？我在……」

呃。

等等。

是不是哪裡怪怪的……

為什麼學長站在她前面？那後面的人是……啊啊啊啊——

她猛地扭頭一看，只見自己手牽著的竟然是一名表情像是看到鬼般驚恐的陌生男子。

她趕緊鬆開手頻頻彎腰道歉，尷尬到簡直想拿把刀把自己殺死：「不好意思！我牽錯人了！對不起！真的非常不好意思——」

同樣與學長身穿黑色襯衫的男子也頻頻揮揮手，臉上的尷尬清晰可見，「沒關係……」

而就在此時，一名笑得花枝亂顫的年輕女子走了過來，她抬起塗上紅色蔻丹的小手輕輕拍拍男子的肩頭，然後勾住他的胳臂，美麗臉蛋依然止不住笑意。

「那個、我是他女友，我也該說不好意思，因為他被妳牽住的反應實在太好笑了所以我一直在旁邊偷看……對不起、哈哈哈哈哈……」

後來，這場不到五分鐘的小鬧劇就這麼落幕了，再也不會上映。

「只要沒有看住妳，妳就給我惹麻煩。」

那對情侶遠去後，學長嘆口氣，看著紀初樂的眼神就好像是在看走失兒童一般，接著揪住她的衣領將她拎回來。

沒錯，就是用拎的。

「哈哈哈哈哈……」

正玩弄著身上白色襯衫衣角的紀初樂也只能乾笑，好吧，她承認她實在有夠天兵。

「自己的男朋友是誰都搞不清楚。」她的手掌心忽地傳來一陣溫暖，他加重了些力道，緊了緊，話語中盡是寵溺，道：「女朋友，以後牽好這隻手可以嗎？」

紀初樂笑得滿懷，彷彿天使般柔軟，讓人想要將她抱進懷中。

「好，這是你說的喔！我會一輩子牽著，就算你覺得膩了我也不準你鬆開，不然就永遠不准吃甜甜圈！」

「好啊。」聞言，學長露出笑臉。

他們的愛情就彷彿像是撒上糖粉般，輕輕的、甜甜的。

後記

這是個從一見鍾情而開始的故事

嗨，我是燦諾！

真的很開心可以在這裡與大家見面，更高興的是，沒想到《一見鍾情是什麼味道》這個故事竟然有一天真的能以實體書的身分誕生到這個世界上……哈哈，我是不是太浮誇了。

來談談這個故事吧。

這個故事的主題很簡單，就是一個花癡學妹一見鍾情一個愛甜甜圈成癡的學長，接著進而展開了一場一邊發花癡一邊倒追的冒險故事。

要說我想透過這個故事告訴大家什麼呢，我覺得，那應該就是這世界上真的有如此平凡又幸福的故事存在喔！

我在最初打稿時就決定這個故事要走的是一個輕鬆又歡樂的路線，裡頭沒有任何虐心情節、沒有什麼糾結後悔的劇情、沒有第三者介入又或著是前男友前女友突如其來的出現……一切就是平凡又歡樂，但是最不平凡的是除了滿滿的花癡少女心之外，還有滿滿的糖粉，哈哈。

關於紀初樂，我想她大概真的是一位被幸運女神眷顧的女孩吧，懷著一顆花癡少女心喜歡上了學長，在經過各種被捉弄被欺負（？）的考驗之後，終於順利抱得帥哥歸！哈哈哈。

其實有時候一邊打稿時我總是會一邊心想，這個學妹還真是幸運又幸福啊……我想，「傻人有傻福」這句話再適合她不過了。

關於莫蔚風，他就是一個奇怪又古怪的傢伙！（大笑）雖然常常口是心非又很不坦率，但如果再多更認識他的話就會發現其實他是一個可愛的傢伙。

然後啊，不曉得你們有沒有對一個東西喜歡到迷戀的經驗呢？就像學長喜歡吃甜甜圈，甚至還被人形容喜歡到瘋了的地步，我非常非常喜歡吃豆腐，而且最好是那種白白嫩嫩的豆腐！還記得某位好朋友曾經送了我一盒嫩豆腐當作生日禮物，當時其他同學盡是傻眼又好笑，但我真的是發自內心地覺得開心與驚喜！（妳真的常常對我太好了我實在受寵若驚，在這裡我要再偷偷跟妳告白哈哈哈，愛妳喔啾咪～）

事實上現在的我是有些緊張的，明明有很多話想說但卻又不知該從何說起。（羞）

這個故事其實從腦中變成文字的過程並不是很順利，除了書名改了又改之外，那些刪刪減減的劇情加起來也夠湊成好幾萬字了，直到打完最後一個字後我才鬆了口氣，還有種：「哇，一起度過這麼長的時間，好捨不得完結喔。」的感覺，而現在，竟然可以將螢幕中的文字活生生地捧在手裡，這又是另一種更不可思議的感動了。

謝謝所有喜愛《一見鍾情是什麼味道》的讀者朋友們、謝謝願意將它翻開甚至是帶回家的親愛的你們、謝謝所有一路上支持我與給我加油的每個人，每次看見你們的鼓勵都讓我力量倍增！謝謝編輯昕平，謝謝你願意讓我這個一堆問題的新手完成夢想！還有……謝謝那些日子的自己，沒想到世界上真的有奇蹟出現。

我還有很多很多很多需要加強與進步的地方，所以我會繼續加油、繼續努力、繼續寫故事，總是半途而廢的我，很難得地終於找到一件能持續堅持下去的事情。

寫故事，大概就是我人生中最堅持的事情了吧。

要青春24　PG1951

要有光 FIAT LUX　一見鍾情是什麼味道

作　　者　燦　諾
責任編輯　林昕平
圖文排版　周好靜
封面完稿　蔡瑋筠

出版策劃　要有光
發 行 人　宋政坤
法律顧問　毛國樑　律師
印製發行　秀威資訊科技股份有限公司
114台北市內湖區瑞光路76巷65號1樓
電話：+886-2-2796-3638　傳真：+886-2-2796-1377
http://www.showwe.com.tw
劃撥帳號　19563868　戶名：秀威資訊科技股份有限公司
讀者服務信箱：service@showwe.com.tw
展售門市　國家書店（松江門市）
104台北市中山區松江路209號1樓
電話：+886-2-2518-0207　傳真：+886-2-2518-0778
網路訂購　秀威網路書店：http://store.showwe.tw
國家網路書店：http://www.govbooks.com.tw
總 經 銷　聯合發行股份有限公司
231新北市新店區寶橋路235巷6弄6號4F
電話：+886-2-2917-8022　傳真：+886-2-2915-6275

出版日期　2018年1月　BOD一版
定　　價　260元

Printed in Taiwan

國家圖書館出版品預行編目

一見鍾情是什麼味道 / 燦諾著. -- 一版. -- 臺北
市 : 要有光, 2018.01
面 ;　公分. -- (要青春 ; 24)
BOD版
ISBN 978-986-96013-0-6(平裝)

857.7　　106025299

讀者回函卡

感謝您購買本書，為提升服務品質，請填妥以下資料，將讀者回函卡直接寄回或傳真本公司，收到您的寶貴意見後，我們會收藏記錄及檢討，謝謝！

如您需要了解本公司最新出版書目、購書優惠或企劃活動，歡迎您上網查詢或下載相關資料：http:// www.showwe.com.tw

您購買的書名：______________________________

出生日期：________年________月________日

學歷：□高中（含）以下　□大專　□研究所（含）以上

職業：□製造業　□金融業　□資訊業　□軍警　□傳播業　□自由業

□服務業　□公務員　□教職　□學生　□家管　□其它_____

購書地點：□網路書店　□實體書店　□書展　□郵購　□贈閱　□其他

您從何得知本書的消息？

□網路書店　□實體書店　□網路搜尋　□電子報　□書訊　□雜誌

□傳播媒體　□親友推薦　□網站推薦　□部落格　□其他__________

您對本書的評價：（請填代號　1.非常滿意　2.滿意　3.尚可　4.再改進）

封面設計____　版面編排____　內容____　文／譯筆____　價格____

讀完書後您覺得：

□很有收穫　□有收穫　□收穫不多　□沒收穫

對我們的建議：______________________________

____

____

____

請貼
郵票

11466
台北市內湖區瑞光路 76 巷 65 號 1 樓
秀威資訊科技股份有限公司 收
BOD 數位出版事業部

....

（請沿線對折寄回，謝謝！）

姓　名：＿＿＿＿＿＿＿＿＿＿　年齡：＿＿＿＿　性別：□女　□男

郵遞區號：□□□□□

地　址：＿＿＿＿＿＿＿＿＿＿＿＿＿＿＿＿＿＿＿＿＿＿＿＿＿＿

聯絡電話：(日)＿＿＿＿＿＿＿＿＿＿＿＿(夜)＿＿＿＿＿＿＿＿＿＿＿＿

E-mail：＿＿＿＿＿＿＿＿＿＿＿＿＿＿＿＿＿＿＿＿＿＿＿＿＿＿